»Vom Himmel hoch, da komm ich her und bring' euch gute, neue Mär.« – Alles begann mit dem Christkind: Seine Geburt feierten und feiern die Christen am 24. Dezember. Doch gerät die religiöse Botschaft der Menschwerdung Christi immer mehr in den Hintergrund – das Christkind wird zum Gabenbringer mit blonden Locken und Engelsflügeln. Seit dem 19. Jahrhundert wird es dabei vom Weihnachtsmann unterstützt, der mit schwerem Sack »von drauß' vom Walde« kommt. In ihm vereinen sich die Eigenschaften des Nikolaus und seines Knechts Ruprecht. Die Vorstellungen vom Christkind und vom Weihnachtsmann sind vielfältig, und davon erzählen zahlreiche Geschichten und Lieder, die in diesem Band versammelt sind.

insel taschenbuch 2973

Geschichten vom Christkind
und vom Weihnachtsmann

Geschichten vom Christkind und vom Weihnachtsmann

Ausgewählt von
Peter Wenzel

Insel Verlag

insel taschenbuch 2973
Originalausgabe
Erste Auflage 2003

Quellenverzeichnis am Schluß des Bandes
Vertrieb durch den Suhrkamp Taschenbuch Verlag
Umschlag nach Entwürfen von Willy Fleckhaus
Satz: Hümmer GmbH, Waldbüttelbrunn
Druck: Memminger MedienCentrum
Printed in Germany
ISBN 3-458-34673-2

1 2 3 4 5 6 – 08 07 06 05 04 03

Inhalt

Leise rieselt der Schnee 9
Alfred Polgar, Vor Weihnachten 12
Jeremias Gotthelf, Der Weihnachtstag 16
Robert Walser, Zwei Weihnachtsaufsätzchen 21
Kling, Glöckchen, klingelingeling 23
Marieluise Fleißer, Als wir noch auf das Christkind warteten 26
Heinz Erhardt, Weihnachten 1944 33
Christine Busta, Brief ans Christkind 34
Elisabeth Borchers, Der schönste Tag 35
Robert Walser, Der Weihnachtsbaum 37
Süßer die Glocken nie klingen 39
Luise Büchner, Die Geschichte vom Christkind und vom Nikolaus 41
Theodor Storm, Knecht Ruprecht 50
Jehan le Povre Moyne, Die Legende vom Weihnachtsmann 52
Hermann Löns, Der allererste Weihnachtsbaum 57
Erwin Strittmatter, Der Weihnachtsmann mit der Lumpenkiste 64
Morgen kommt der Weihnachtsmann 69
Kurt Tucholsky, Weihnachten 71
Siegfried Lenz, Risiko für Weihnachtsmanner 73
Robert Gernhardt, Die Falle 80
Hubert Fichte, Frohe Festtage 91
Alle Jahre wieder 92
Karl Krolow, Eine Weihnachtserinnerung, die ich nicht vergaß 93

Cécile Ines Loos, Der Weihnachtsengel 99
Ernst Jandl, niemals war ein weihnachtsmann 105

Quellenverzeichnis 107

Geschichten vom Christkind und vom Weihnachtsmann

Leise rieselt der Schnee

Leise rieselt der Schnee,
still und starr liegt der See,
weihnachtlich glänzet der Wald,
freue dich, Christkind kommt bald!

In den Herzen ist's warm,
still schweigt Kummer und Harm,
Sorge des Lebens verhallt,
freue dich, Christkind kommt bald!

Bald ist heilige Nacht,
Chor der Engel erwacht,
hört nur, wie lieblich es schallt:
Freue dich, Christkind kommt bald.

Alfred Polgar
Vor Weihnachten

Nun kommt bald Weihnachten. Man merkt das schon an verschiedenem. Auf den Straßen liegen, in Haufen, geschlachtete Nadelbäume; getrocknetes Harz-Blut klebt an ihrer Rinde. Aus den Schaufenstern der Kunsthandlungen verschwinden die unzüchtigen Darstellungen, und die »Mitternachtsmette im Gebirge« erscheint. Zwei zu zwei stapfen Bauern durch dicken Schnee dem Kirchlein zu, das Gebetbuch in schwieliger Faust. Der Weg, den sie schon gegangen sind, trägt die Spuren ihrer breiten Stiefelsohlen, aus dem Kirchenfenster fällt buttergelb ein Lichtstreifen über den beschneiten Pfad. Neben diesem, den Großstädter so ergreifenden Gemälde hängen mancherlei Spezial-Weihnachten. Weihnachten des Leuchtturmwächters. Bahnwärters Christnacht. Kommerzienrats Tannenbäumchen. Weihnachten des Eremiten. Auf allen diesen Bildern tritt die Einsamkeitskomponente stark hervor. Es ist ja auch zur Weihnachtszeit, in der ein unruhvolles Bedürfnis nach Wärme und Anlehnung die Gefühle lockert, und der Schmelzpunkt, an dem sie in den Zustand der Liebe übergehen, tiefer liegt als selbst im Mai, es ist ja auch zur Weihnachtszeit besonders bitter, allein zu sein. Meine arme Freundin Elfriede, längst deckt Erde ihr zierliches Gebein, hielt auch sehr viel auf weihnachtlichen Zusammenschluß und wollte das liebe Zeremoniell des Festtages nicht missen. Dennoch geschah es am Abend eines vierundzwanzigsten Dezembers, daß sie keine andere Gesellschaft hatte als ihre beiden Hunde, die treue Dackelhündin Grete und den lebhaften Fox Rolph. Sie warteten in einem Nebenraum auf Einlaß in das Zimmer, wo das flimmernde Bäumchen stand und der Tisch mit den Gaben, zwei tannenzweiggeschmückten Knackwürsten. Elfriede setzte sich ans Klavier, Rolph und Grete auf die Hinterpfoten, und erst nach drei Strophen »Stille Nacht, heilige Nacht« durften sie zu den Würsten. Elfriede war aus Düsseldorf.

Eine Stimmgabel ist angeschlagen, eine Stimmungsgabel. Und die große Mehrheit weißer Menschen schraubt ihr Herz auf die gleiche Tonhöhe.

Die Kinderchen schreiben auf vierzeilig liniertem Papier Briefe an das Christkind, an das sie nicht mehr glauben, und beschließen die Schrift mit einem Tintenklecks wie mit einem Siegel holder Einfalt. Sie hegen die nicht unbegründete Befürchtung, »praktische Sachen« geschenkt zu bekommen, die man ihnen ohnehin kaufen müßte. Einige, von Neugier geplagt, stecken sich hinter die etwa vorhandene Hausgehilfin. Ist die Hausgehilfin hübsch, kann solches Verstecken hinter sie für das künftige Leben der Kleinen von großer Bedeutung sein. Sind sie doch im glücklichen Alter, in dem die Grundlagen der Komplexe gelegt werden, der seelischen Vexierbauten, die dann später einmal der Analyse so viel Anregung und Freude bereiten.

Indes also die Kleinchen von der Frage erregt sind: Was bekomme ich geschenkt?, sinnen die Erwachsenen der Frage nach: Was schenke ich? Oder eigentlich der Frage: Wo nehme ich das Geld her für Geschenke? Welch ein Friede wäre Weihnachten auf Erden und den Menschen ein Wohlgefallen, wenn zumindest die Erwachsenen gegenseitig sich das Schenken schenken wollten! Und einen Pakt schlössen, daß jeder nach seinen Möglichkeiten sich kaufe, was ihn freue, und hierfür die Gesamtheit seiner Freunde – gefühls-kommerziell gesprochen – »erkenne«. Allerdings: Geben ist seliger denn nehmen, sagt die christliche Lehre, dieser größte auf dem Gebiet irdischer Glücksspekulation je gewagte Vorstoß der Kontermine.

Nun kommt bald Weihnachten, und ein Golfstrom der Menschenliebe sendet warme Schauer über das frierende Land. Sogar die Presse kann sich dem innigen Gebot dieser Tage nicht entziehen. Sie rüstet die »Weihnachtsbeilage«, das Weihnachts-Beilager für Literatur und Wissenschaft. In der Redaktion duftet es, zumindest metaphorisch, nach Fichtennadeln, Äpfeln, Wachskerzen und leuchtenden Kinderaugen, deren in diesen Tagen eine große Menge für die journalistische Arbeit verbraucht wird. Auch blasse, verhärmte Wangen sind in der kapitalistischen Presse zur Weihnachtszeit lebhaft gefragt. Am Luster aber hängt stumpfgrün das Gewirr der Mistelzweige, und wer unter ihnen den Chefredakteur trifft, darf ihn küssen.

Weihnachten ist das Fest der Überraschungen. Verloren geglaubte Söhne wählen gern den Weihnachtsabend, um plötzlich einzutreten, und ebenso richten es die Mitglieder des Vereins »Enoch Arden«, die verloren geglaubten Ehemänner, womöglich so ein, daß sie am Heiligen Abend ihre Frauen überraschen, wobei auch sie ihre Überraschungen erleben.

Übel dran zu Weihnachten sind die Menschenfeinde. An den Dämmen, die ihr Haß aufgerichtet hat, bricht sich das Meer von Liebe, das in diesen Tagen alle Küsten bespült, wo Christenmenschen und ihnen Assimilierte wohnen. Düster sitzen sie da in ihrer düsteren Isoliertheit und giften sich. Sind nicht auch sie unsere Brüder? Wie verhilft man ihnen zu einem relativ gemütlichen Weihnachtsabend? Tun wir was für sie! Menschenfeinden Freude zu machen kann doch nicht schwer sein. Lassen wir sie hineinblicken in die Not der Glücklichen! In den Krieg des häuslichen Friedens! In die Langeweile der guten Ehe! In die Ehrgeizqual der Begabten! In die marternde Furcht der Angekommenen vor denen, die nachdrängen! In die klägliche Unfreude des Reichtums! In die trostlose innere Einsamkeit der Geselligen!

Festesahnung überall. Auch die Stimme der Natur, der treue Grundbaß zu all unseren Melodien, hat bereits ein unverkennbar weihnachtliches Timbre. Die Luft weht dämmergrau, als wolle sie helfen, die Geheimnisse, die alle Guten jetzt voreinander haben, zu verschleiern. Schnee ist auf die nahen Berge gefallen und bleibt dort in strahlender Reine liegen, aus Pferdemäulern dampft es wolkig, Weihrauch dem Winter, zwischen gefrorenen Ackerschollen beut das muntere Häschen sein Fell dem Rohr, und mit frohem Geschnatter kündet es die Gans, wie üppig schon ihre Leber den hohen Feiertagen entgegenschwillt.

Jeremias Gotthelf
Der Weihnachtstag

So kam Weihnacht heran, ein großer Tag im Volksleben wie im Leben der Menschheit. Es ist der Tag der Kinder. Durch ein Kind ward die sündliche Welt gesühnt und geheiligt; darum bringen die Erwachsenen den Kindern Gaben dar, Dankopfer, sichtbare Zeichen heiliger Gelübde, an den Kindern zu vergelten, was ein Kind an ihnen getan. Die Kinder freuen sich inniglich, es ist ein Gefühl in ihnen, daß sie die Heiligen der Eltern seien. Wo keine Kinder sind, fehlt oft der kindliche Geist, der nach oben zieht; nur zu gerne bemächtigt sich die Materie in hunderterlei Gestalt der Menschen und zieht sie nach unten. Kinder bleiben die Mittler zwischen Gott und den Menschen, verbinden und sühnen die Menschen miteinander. Ohne Kinder wäre die Welt eine Wüste, die Wandernden würden erst zu Tieren werden, dann verschmachten. Wo Kinder nicht eine Gabe Gottes sind, jedes ein Zug nach oben, wo Kinder erst eine Last sind, später Diener der Selbstsucht werden sollen, welche sich auch auf hundert Weisen formiert, da ist dem Volke der Himmel verhüllt, bei den Wurzeln fault es an. Weihnacht ist alten Leuten, was den Weisen im Morgenlande der Stern war, der ihnen erschien, der Stern, der ihnen den Heiland verkündete, sie auftrieb aus ihrer Ruhe, daß sie Schätze zusammenrafften, sich auf die Beine machten, um den König der Ehren zu suchen, ihn anzubeten. Weihnacht ist ihnen die Heilige Nacht, welche sie weiht und stärkt, getrost zu treten in die Nacht des Todes; denn sie verheißt ihnen, daß in der Todesnacht ihnen das ewige Licht geboren wird, welches leuchtet zur Seligkeit. Und mit dem Kindlein, welches geboren wird, steigt die Sonne höher, die Nacht nimmt ab statt zu, der Tag mehret sich, und lieblicher wird es auf Erden. Aber der Tag nimmt wieder ab, steigt nicht für und für, bis er die Nacht verdrängt hat; die Nacht dehnt sich aus und geht dem Tag ans Leben, und wohl uns, daß das Jahr zu Ende geht, ehe die Nacht den Tag verschlungen, ein neues Jahr an die Stelle des alten tritt. Wie die Jahre sich ablösen, lösen die Geschlechter sich ab, und wohl uns; wie jedes Jahr von vorne beginnen muß, so jedes Geschlecht, so jeder Mensch, das vergesse man nicht! Und wie die Nacht ihre Grenzen hat und der Tag die seinen, so hat bei den Menschen die Barbarei ihre Grenzen, und wohl uns, wenn die Finsternis den Tag verschlungen, die menschliche Weisheit über alle Schranken steigt, zur Torheit wird, sagt Einer Halt, und zwischen Tag und Nacht ordnen sich die Grenzen wieder, wie eben Einer sie geordnet haben will. [...]

Johannesli erwachte, während das Licht noch brannte; die Weihnachtsfreude hatte ihn geweckt. Die glücklichen Kinder, sie werden durch Freude und freudige Erwartungen aufgeweckt, das Alter durch Bangen und Kummer. Wer erinnert sich nicht an die goldenen Tage, wo er nicht schlafen konnte, weil am Morgen Bescherung war, eine kleine Reise bevorstand oder was Neues ins Leben trat! Das waren die Tage, wo die Menschen uns noch nicht Spießruten jagten durch Examen, Gott es noch nicht nötig fand, uns zu examinieren, ob wir fromm und standhaft genug für das ewige Leben seien. Freilich war die Bescherung, welche Johannesli zu hoffen hatte, nicht groß, nicht viele Kreuzer kostete sie; aber auf die Größe, auf die Kostbarkeit kommt es nicht an, ob die Freude groß oder klein sei, sondern auf das

Gemüt, welches sie empfängt, so wenig als das sogenannte Glück bedingt wird durch sogenannte große Glücksgüter. Das wahre Glück, welches das Wasser nicht nimmt, der Hagel nicht verhagelt, hat einen ganz andern Grund. Splendide, große, stolze Herren und Damen sieht man dick in Palästen und auf Schlössern; aber glückliche, he – das ist was anders! Gar mancher Herr mit sieben Sternen auf der Brust und gar manche Dame, splendid und elegant vom Teufel, rauschen daher, als ob die Glücksgöttin ihre Patin wäre, und machte der Schönlein ihnen ein Loch ins Herz, so täte lauter Gift und Galle herausspritzen und kein einzig Tröpflein Glück und Friede. »Chlei Ding freut dChing«, sagt das Sprichwort. Wohl denen, welche in ihren Kindern den Sinn bewahren, daß kleine Dinge sie freuen, wohl denen, welche in ihren Herzen den Sinn bewahren, daß auch sie freut, was die Kinder freut; denn den Kindern gehört das Himmelreich, und wenn wir nicht wie sie werden, so haben wir nur Teil an der Welt, und die Welt ist eng, und der Sinn, der die Welt liebt, ist unersättlich und findet kein Genügen, und wo kein Genügen ist, da ist kein Glück, da ist keine Freude.

Was aber Johannesli für eine Freude hatte über seine Bescherung, so wird sie wirklich selten gefunden auf Erden. Die Bescherung bestand aus acht Nüssen, welche einen Kreuzer gekostet hatten, einem bezuckerten Schäfchen, dessen Schwanz ein Pfeifchen war, es kostete zwei Kreuzer, einem Lebkuchen für zwei Kreuzer, summa summarum fünf Kreuzer; dabei lag noch ein Semmelring, so genannter Weihnachtsring, welchen die Bäckerin Käthi geschenkt hatte. Das war eine unendliche Freude, ein Glück über alle Worte, und auch Käthi nahm teil an diesem unendlichen

Glücke, während immerfort Tränen ihr über die Backen rieselten und sie denken mußte: »Ach Gott, du armes Bubi, wenn du wüßtest, was ich weiß, und wo bist du wohl übers Jahr?«

Als der erste Rausch des Kleinen vorüber war, der graue Tag durch die Fenster guckte, rief der Kleine: »Großmüetti, habe dir auch was, rate mal!« Aber die Großmutter konnte nicht raten, da holte der Kleine in großem Triumphe zwei Eier, welche in der Großmutter Abwesenheit gelegt worden waren, und welche er versteckt hatte, um ihr auch eine Freude zu bereiten. »Sieh, Großmüetti, sieh, zwei Eier, und wie schöne und wie große! Daraus machst du heute Eierbrot zum Kaffee, und darin kannst den Leuten sagen, daß ich dir auch das Weihnachtskindlein habe kommen heißen.«

Ach, wie manches Kind bittet so innig: »Vater, laß mir doch das Weihnachtskindlein kommen!« und wie manches Kind danket innig, daß ihm dieser Wunsch erfüllt worden, und die Eltern freuen sich der Freude der Kinder, und ihr Gewissen rühmet sie, daß sie den Kindern gute Eltern sind, so viele Freuden ihnen bescheren. Aber Leute, klebt nicht an Zeichen, treibt nicht Kindisches, gedenket an das, was das Zeichen bedeutet, und an das Himmelreich, welches vom wahren Weihnachtskindlein den Kindern beschert wurde, und welches Vater und Mutter ihren Kindern öffnen sollen, das wahre Weihnachtsgärtlein, in dessen Mitte der Tannenbaum voll Lichter und ohne Schlange. Das Weihnachtskindlein kommen heißen in Zuckergebäken und buntem Spielzeug und das wahre Weihnachtskindlein, das vom Himmel kam und zum Himmel führt, verleugnen, den Kindern es verbergen, goldene Schäfchen bescheren und um das Lamm, welches der Welt Sünden trug, sie betrügen, heißt das nicht, den Kindern Steine, Schlangen bieten, Brot und Fische ihnen vorenthalten, mit Kindischem sie kindisch machen, die Augen blenden für das Ewige, den Stamm verstümmeln, der zum Himmel wachsen soll, zum Zwergbaume, der nicht von der Erde will? Das Weihnachtskindlein kommen lassen und die Kindlein nicht weihen in der Heiligen Nacht dem ewigen Heiland, der um ihretwillen ein Kind geworden, das heißt, geblendet und kindisch geworden zu sein, die Augen versengt zu haben an der Afterweisheit des Tages, wie die Mücken die Flügel am Lichte versengen, dasselbe für die Sonne haltend, welche sie geboren.

So war es aber bei Käthi wirklich nicht, sondern sie mußte dem Kinde erzählen vom rechten Weihnachtskindlein, das in Bethlehem geboren worden in einem Stalle …

So verfloß ihnen der Morgen, da Käthi diesmal schlechten Weges wegen nicht in die Kirche sich wagte und ja auch den Heiland zu Hause hatte und nach ihrem Vermögen mit dem wahren Christkinde das Kind zu bescheren suchte. Auch war wohl der Gedanke im Hintergrunde, sie wollten beieinander sein, solange sie könnten; es wisse kein Mensch, wie lange es währe, sie habe Ursache zum Glauben, nicht mehr lange …

Robert Walser
Zwei Weihnachtsaufsätzchen

I

Ich weiß nicht, ob die Straßen des Städtchens, worin sich zutrug, was ich hier phantasiere, schneeweiß waren oder nicht, ob's schneite, oder ob dies nicht zutraf. Ein Dörfchen sah wie ein Zuckerbäckerkunstwerk aus, so tief lag es in der Verschneitheit. Ein benachbartes jedoch hatte kein Flöckchen bekommen. Glich dieser Umstand nicht beinahe etwas Wunderbarem? Ob nun nicht eine Weihnachtsgans erwähnt werden dürfte, die von Kindern mit Interesse in Augenschein genommen wurde? Einem unfolgsamen Knaben wurde bedauerlicherweise noch kurz vor Einweihung des Heiligen Abends die Elastizität des Möbelklopfers zu schmecken gegeben. Oh, wie still war's in den kurzen, langen, krummen und schnurgeraden Straßen. Stiller als alle Stille zu sein vermag, die man sich vorzustellen fähig ist, war das Benehmen einer um ihren Herzensfreund in stundenlanger Wortlosigkeit verharrenden Einsamkeitsüberantworteten. Irgendwo wurde ein Weihnachtsbaum angezündet, und wie sehr es Tatsache ist, daß ich dies scheinbar überaus präzis, doch stimmungsvoll sage, so sähe ich nicht ein, was mich hinderte, auszusprechen, daß, als die gleichsam helläugigen Lichterchen zu flakkern und strahlen anfingen und es in der Stube nach Wünschen duftete, die ihre Köpfchen aus den Bettchen verständlichen menschlichen Sehnens streckten, ein Liebhaber in einem Kämmerchen die Beute der Angesammeltheit seiner Wehmut wurde. Anstatt die Schnippischkeiten seiner

Angebeteten in jeder Hinsicht entzückend schön zu finden, stellte er ein Geschluchz und eine Händeringerei an, die man am liebsten in einem Gedicht hätte wiedergeben mögen. Ein ritterlicher Kniender schnürte einer geduldig diesen Dienst Entgegennehmenden die Schuhe zu. Doch rasch zu den Prachtsgeschenken, die in jeder Art Form unter den silberflitterumwickelten Zweigen ausgebreitet lagen. Das Familienoberhaupt war Notar, dessen Töchter beim Gedanken, sie seien heiratsfähig, konventionell kicherten. Die männliche Nachkommenschaft schaute mit einer etwas doch schon beinahe allzu pyramidalen Seriosität in die lieblich-glitzernde Weihnachtsbäumlichkeit hinein. Jetzt trat das Christkindchen herein.

II

Weihnachtsabend war's, die Stadt lag klug und schön da. Einige Verspätete sorgten, daß sie raschmöglichst mit Bäumchen in der Hand nach Hause kamen. Kinder dachten, an Türen stehend, über Bettelmöglichkeiten nach. Die Münsterglocken fingen an zu tönen. Die beiden Domtürme verkörperten einen kraftvollen Historizismus. Stubenmädchen mit Schürzen traten aus Läden heraus. Indes sich in Kaffeestuben noch Gäste aufhielten, saßen in einem Industriequartierzimmer der kränklichzarte Durchgeistigte und die womöglich noch empfindsamere und auf Bildung usw. erpichtere Leichtinwallunggeratende, sich anscheinend vorzüglich unterhaltend, beisammen. Wenn irgendeiner über das noch durch keinerlei Baumeistertätigkeit oder Hausaufrichtung gleichsam entlandschaftete Land oder Feld mehr oder weniger einsam und eifrig wanderte, konnte er blätterlose Bäume in konzertdirigentenhafter Gestikulierung dastehen sehen. Das Mitglied einer jüngeren Dichtergruppe war's, dem derartige poetische Beobachtung aus der Fülle vorhandener Unwillkürlichkeit zweighaft entstieg. Sprach ich nicht schon von einer Räumlichkeit vorstädteligen Charakters? Schön, und nun komme ich auf ein Zimmer Nummer Zwei zu sprechen, das sich unmittelbar ans erste anlehnte, worin sich eine die Tiziangemäldehaftigkeit selbst zu sein scheinende, mithin unerhört schöne Schuhmacherstochter von einem in feinsinnigen Dingen Beginnenden den Hof tapfer und zugleich schüchtern machen ließ. Er verstehe famos vor Frauen zu knien, besaß er die Höflichkeit und gleichzeitig die Dreistigkeit zu beteuern. So möge er ihr von dieser Art Können einmal einen Beweis ablegen, ermunterte ihn die Liebesszenenliebhaberin. Da die Wohnung aus drei Gemächern bestand, so wird nun vielleicht hervorzuheben gestattet sein, daß sich im dritten Zimmer ein Entwickelter von einer aufs entzückendste im Unentwickeltheitszustand Befindlichen Natürlichkeitsunterricht erteilen ließ.

Nunmehr klingelte es mit einmal an der Türe der verschwenderisch mit dem dringend erforderlichen Luxus ausgestatteten Dreizimmerwohnung, und die sich darin Aufhaltenden fragten sich, wer dies wohl sei, und kamen herbei, um dem Einlaßwünschenden sorgfältig zu öffnen. Da war's niemand Großartigeres als in der Tat bloß das liebe Christkind.

Kling, Glöckchen, klingelingeling

Kling, Glöckchen, klingelingeling,
kling, Glöckchen, kling!
Laßt mich ein, ihr Kinder,
ist so kalt der Winter,
öffnet mir die Türen,
laßt mich nicht erfrieren.
Kling, Glöckchen, klingelingeling,
kling, Glöckchen, kling !

Kling, Glöckchen, klingelingeling,
kling, Glöckchen, kling!
Mädchen, hört, und Bübchen,
macht mir auf das Stübchen,
bring euch viele Gaben,
sollt euch dran erlaben.

Kling, Glöckchen, klingelingeling,
kling, Glöckchen, kling !

Kling, Glöckchen, klingelingeling,
kling, Glöckchen, kling!
Hell erglüh'n die Kerzen,
öffnet mir die Herzen,
will drin wohnen fröhlich,
frommes Kind, wie selig.
Kling, Glöckchen, klingelingeling,
kling, Glöckchen, kling!

Marieluise Fleißer
Als wir noch auf das Christkind warteten

Heute beim Stadttheater bin ich dem Christkind begegnet, sagte die gute Mutter in jenen Tagen, wo das Licht im Zimmer um vier Uhr angezündet werden mußte. Mama, wie sieht es denn aus? Die Mutter sagte, die Erwachsenen wissen, wie das Christkind aussieht, aber sie dürfen nicht darüber reden. Ich steckte meinen Kopf hinter den Fenstervorhang und hatte Herzweh, weil die Zeit so langsam verging. Dann trieb mich die Erwartung wieder heraus. Mama, hast du es denn nicht wenigstens kommen sehen? Man sieht das Christkind nicht kommen, sagte die Mutter fromm. Auf einmal steht es in den dunklen Straßen mit seinen bloßen Füßen, die den Boden nicht berühren. Wenn du einmal groß bist, wirst du es auch sehen. Ich dachte, wenn ich doch groß wäre.

Ich hatte meine bestimmten Vorstellungen von den Unsichtbaren, die ich an niemand verriet. Der liebe Gott war gelb wie eine Sonnenblume und ging mit einer Gießkanne spazieren und das Christkind war kein Kind – ein Kind war ich selbst – eher war es eine engelhafte feine Dame mit einem weißen Gesicht und einem weißen Gewand, das bis auf den Boden ging. Ja, da das Gaslicht das Weißeste war, was ich kannte, war es für mich so weiß wie ein Gaslicht. Das Christkind blendet so, daß es seine eigenen Augen nicht aufmachen kann, dachte ich.

Glaubst du an das Christkind? fragten wir einander in der Klasse. Es war die Frage, die die Böcke von den Schafen schied. Ich war lange bei denen, die den Glauben nicht hergeben wollten. Ich weiß noch, wie ich aus der kleinen Naturgeschichte alle zwölf Absätze »besondere Merkmale« von den einzelnen Klassen der Säugetiere zusammenfassend lernte, damit die Zeit bis zum Heiligen Abend schneller verging. Ich war also damals in der vierten Vorklasse. Die Lehrerin war ganz gerührt, als ich ihr am anderen Morgen mein Wissen vortrug, und prophezeite mir, daß ich diese Übersicht über die Säugetiere mein Leben lang nicht vergessen würde. Ich schämte mich, weil hier meine Unruhe mit besonderem Fleiß verwechselt wurde.

Endlich kam die Zeit, wo ich bei den unmittelbaren Weihnachtsvorbereitungen mithelfen durfte. Dabei stiegen mir keine Zweifel auf. Das Christkind kann nicht alles allein machen, sagte die Mutter, denke nur an die vielen Familien. Ich war selig, daß meine Schwestern nichts merken durften und trieb sie an zum frühzeitigen Schlafengehen. Im Bett mußte ich furchtbar Schlaf haben und auf das eifrige Gewisper keine Antwort geben, bis die Köpfe nachdenklich und eingesponnen in den Kissen lagen. Wenn ich dann tief und gleichmäßig atmete, kam früher als sonst wie eine Suggestion der Schlaf in die Stube, und mein Herz fing zu zittern an. Ich legte mich sacht aus dem Bett auf den Boden und kroch unter dem Bett meiner jüngeren Schwester durch langsam zur Tür, die ich vorher nur angelehnt hatte. Ich erschrak über das kleine letzte Einschnappen der Klinke. Unten im Wohnzimmer saß schon meine Mutter über einem Korb Äpfel und einem Netz Nüsse. Meine Mutter hatte am Abend meistens Kopfweh und eine himmlische Geduld. Ich durfte mit einem Tuch die Äpfel klarreiben, bis sie rote Bäcklein zeigten. Jetzt sind sie so schön wie die Äpfel aus Seife, sagte ich in meinem Glück. Dann steckte ich die gedrehten, unten platten Christbaumdrähte in die Nüsse an ihrer einzigen verwundbaren Stelle, am Stielansatz, wo das schwarze Blattkeimchen besonders nach Nuß roch. Manchmal waren die Nüsse an dieser Stelle hohl und ich schob immer mehr Draht nach, bis er sich innen sperrte und festsaß. An diesem Draht wurde die Nuß in einem flachen Schüsselchen Bier herumgewirbelt. Vorsichtig wie einen Schmetterlingsflügel legte ich ein Blättchen Rauschgold in die Hand, drehte die angefeuchtete Nuß in das Blatt ein und tupfte die Fetzen mit Watte fest. Die fertigen Nüsse hängten wir die Wände einer Pappschachtel entlang, so daß sie sich nicht aneinander rieben.

Am Heiligen Abend gab es das Christkind zweimal, um sechs Uhr das »kleine« Christkind bei meiner Großmutter und um sieben Uhr das eigentliche und »große« in meinem Elternhaus. Wir sind nie in einer sogenannten guten Stube beschert worden, wie ich das bei Freundinnen häufig sah, in Zimmern, die immer kalt sind. Nein, der Tannenduft gehörte an Weihnachten zu unserem Wohnzimmer wie die Bratäpfel in der Röhre nach dem Schlittschuhlaufen.

Meine Mutter entfernte »die kleine Ware«, wie sie uns nannte, schon am frühen Morgen, damit das Zimmer gestöbert wurde. Den ganzen Tag hielten wir uns in der Großen Rosengasse bei meiner Großmutter auf. Nie wieder sind Tage so lang. Ich sah diese Stube später von Fremden bewohnt, da war es nicht mehr diese Stube, die lebte, weil ein ganzes Leben in ihr verbracht wurde. Die Großmutterstube nannten wir sie. Ständig hing es wie ein leiser warmer Ton zwischen den schattigen stillen Wänden. Irgendwo blinkte eine Goldleiste, und die alte Uhr tickte ruckweise dazwischen. Das geschweifte schwarze Lederkanapee in der

Ecke glänzte friedlich mit den weißen Porzellanknöpfen trotz der beiden Ritterinnen, die in steifem Rahmen über ihm hingen, barbarisch-süßlichen Damen mit engen Taillen, die eine trug einen wallenden himmelblauen, die andere einen blutrünstigen Federbusch auf dem Hut. Ich studierte diese aufregenden Damen aus allen Entfernungen, während ich meinen Schemel aus einem Winkel der Stube in den anderen rückte. Zwischenhinein ging ich auf die Gasse und blickte zum Himmel auf, was der Mond machte. Noch stand er oben wie ein weißer Schemen, ohne zu leuchten.

Kinder warten vier Wochen lang auf den Heiligen Abend; am Tag selbst ist ihnen das Warten zu einer Manie geworden. Ich mochte nicht zeichnen, nicht bauen, nicht schreiben, nicht mit der Schere schneiden, nicht die Raubmorde aus den Zeitungen lesen – Raubmorde sind das erste, was Kinder an den Zeitungen interessiert –, ich konnte nichts essen außer zwei Mandarinen, die das Christkind über dem Haus abgeworfen hatte. Das Christkind ließ mir sagen, es werde nicht kommen, wenn ich nicht endlich Ruhe gebe; so nahe war es, ohne daß ich es fliegen sah! Ich lief an das kleine seitliche Fenster, durch das man bei dieser Bauart den Hausgang überblicken konnte; ungeduldig zupfte ich an dem weißen gefältelten Vorhang, der steif wie Oblaten war. Ich fuhr mit dem Finger die Einlegearbeiten der Biedermeierkommode entlang, klopfte an das lange schwarze Barometer. Ich stand vor der alten Uhr mit den Säulen aus Alabaster und den Spiegelwänden, in die ich hineinblickte wie in einen kleinen Spiegelsaal, als ob ein gutes Geistchen heraustreten müßte. Ich stieg sogar unters Dach hinauf, wo in einer Kammer ein junger Schreiner Feierabend machte. Er begoß seine bloßen Arme und Hände mit Spiritus, zündete ihn an und rieb und wusch sich mit den blauen Flammen. In acht Tagen habe ich Hände so fein wie ein Schreiber, prophezeite er. Als es unten in der Stube schummerig wurde, kuschelte ich mich mit aufgezogenen Füßen in den großen runden Stuhl. Ein Auge ließ ich offen und sah damit nach dem Feuer, das hinter den Spalten des alten Ofentürchens auf und nieder glitt. Ich behauptete nachher, ich habe mit einem offenen Auge geschlafen wie die Hasen. Aber das Christkind war doch dicht neben dir, als es den Baum aufstellte, sagten mir die Großen. Ja, davon hatte ich nichts gesehen. Ich wachte erst auf, als meine Geschwister mit hoher Stimme sangen und die Kerzen brannten.

Der Christbaum der Großmutter war für mich der Christbaum zum Angewöhnen, das Bäumchen mit den dünnen, schief aufgesteckten Kerzen, das nicht ganz bis zur Decke reichte. Und es war gut so, sonst wäre es nachher nicht so schön geworden. Nach frommem Brauch zog die Großmutter die Vorhänge an den Fenstern auf, damit die, die in den Straßen herumliefen und keinen Baum bekamen, an dem Kerzenglanz teilnehmen konnten. Wie in einem Schaukasten standen wir alle da und sangen. Bei der ersten und zweiten Strophe schauten wir unentwegt in die zitternden Lichte, bei der dritten schielten wir nach dem Gabentisch. Ich begriff lange nicht, warum wir der Großmutter die Hand geben und danke schön sagen mußten, wenn das Christkind doch alles gebracht hatte. Dann holte uns das Mädchen ab, das Schneeflocken im Stirnhaar trug. Wir stapften durch den krachenden Schnee der Straßen, den neuen Schulranzen, der noch ganz leicht war, auf dem Rükken und steckten den Kopf tief in den Nacken. Heute können wir es noch fliegen sehen, sagten wir, morgen nicht mehr. Das Mädchen sagte, das Christkind fliegt doch hinter den Dächern. Aber wir ließen uns das Suchen nicht nehmen. Vielleicht, dachten wir glücklich, vielleicht – – –. Im Badezimmer wechselten wir die Schuhe; die Mutter kam mit einem heißen Gesicht und reiner Haut. Sie trug einen Faden Silberfall hinten am Rock, den sie damit erklärte, daß das Christkind über sie hinweggeflogen war. Es ist jetzt drinnen, sagte sie, seid nur alle artig. Es war so leicht, artig zu sein in dieser Minute, wo die Herzen klopften. Ein unsäglich feines Glöckchen läutete. Wie ein Rudel stürmten wir über den Gang nach der Tür, die sperrangelweit in rötlichen Glanz führte. Die Mutter machte schnell das offenstehende Fenster hinter dem Christbaum zu. Soeben ist das Christkind um die Ecke geflogen, sagte sie. Das silberne Glöckchen zitterte noch. Es hing in jedem Jahr an derselben Stelle. Überhaupt hingen die gleichen Sachen an den gleichen Zweigen wie immer; meine Mutter überlegte es sich jedes Jahr aufs neue und kam glücklich zu demselben Ergebnis; und doch war der Baum in jedem Jahr ein Wunder. Ich hatte später Gelegenheit, ihr zuzusehen; der Baum war mit Liebe aufgehängt, das war es, was ihn so lebendig machte. Die Äpfel mehr nach unten, sagte sie, damit sie die dickeren Zweige waagerecht ziehen, ich habe sonst nichts zum Beschweren. Die Schokoladenringe nach oben, damit mir die Kinder nicht stehlen lernen. Die Nüsse kommen an die Zweigspitzen, immer eine silberne und eine goldene abwechselnd. Die Eiszapfen an die dünnen Zweige der Spitze, unten werden sie mir nur zerbrochen. Den weißen Hirsch (aus Milchglas geblasen) nehmen wir wieder vorne in die Mitte, da macht er sich immer gut, nur nicht zu hoch, damit die Kinder ihn richtig springen sehen. So, nun werden die

Lücken mit Silberfall verbunden. Zum Schluß stieg sie auf einen Stuhl, um eine riesenlange Perlenkette um den Baum zu wickeln. Jedes Jahr fand mein Vater die Kette barbarisch. Ein grüner Baum wird doch nicht geschnürt, sagte er, und überhaupt sind mir Bäume im natürlichen Grün am liebsten. Aber Mann, sagte sie, der Baum kommt doch aus dem Himmel, es muß etwas sein, was Menschen sich nicht ausdenken können. Am Heiligen Abend hatten die Kinder recht. Die Mutter wußte, was den Kindern gefiel und daß wir als erstes nach der Kette sahen. Sie fühlte sich reich, wenn unsere ersten aufsteigenden Zweifel am Christkind durch den Glanz wieder besiegt waren. Dieses Jahr konnte ich ihnen den Glauben noch retten, sagte sie dann. Wir gingen in die Schule und sagten, so was können doch Eltern nicht machen.

Der Vater trug bei der Bescherung eine vorsichtige Starrheit in den Zügen, als ob er sich nicht gerne versprechen möchte; die Mutter war es, von der die Wärme und das Wunder strömten, die mit den Engeln auf du und du stand; niemand konnte Stille Nacht singen wie sie mit zarter, etwas zerscherbter Stimme, in der Glaube, Liebe und Hoffnung zitterten. Die gute Mutter, sie sparte ein Jahr lang dafür, es war ihr Fest, und als Mutter nicht mehr lebte, war es kein Weihnachten mehr.

Heinz Erhardt
Weihnachten 1944

(Als ich keinen Urlaub bekam)

Wenn es in der Welt dezembert
und der Mond wie ein Kamembert
gelblich rund, mit etwas Schimmel
angetan, am Winterhimmel
heimwärts zu den Seinen irrt,
und der Tag stets kürzer wird –
sozusagen wird zum Kurztag –
hat das Christkindlein Geburtstag!
Ach, wie ist man dann vergnügt,
wenn man einen Urlaub kriegt.
Andrerseits, wie ist man traurig,
wenn es heißt: »Nein, da bedaur ich!«
Also greift man dann entweder
zu dem Blei oder der Feder
und schreibt schleunigst auf Papier
ein Gedicht, wie dieses hier:

Die Berge, die Meere, den Geist und das Leben
hat Gott zum Geschenk uns gemacht;
doch uns auch den Frieden, den Frieden zu geben,
das hat er nicht fertiggebracht!
Wir rasten und irren, vergehen und werden,
wir kämpfen mal so und mal so …
Vielleicht gibt's doch richtigen Frieden auf Erden?
Vielleicht grade jetzt? – – Aber wo? …

Christine Busta
Brief ans Christkind

Was ich mir wünsche?
Daß der, den ich liebe,
mich für das Weilchen, das ich noch lebe,
wirklich lieb hat,
und daß ich ihm das
immer leicht machen kann.

Vielleicht vergißt er mich
dann auch nachher
nicht ganz.

Elisabeth Borchers
Der schönste Tag

Als nun die Tage vorbei waren und der schönste Tag gekommen war – als gar nichts mehr zu tun war, weil alle Briefe geschrieben, alle Plätzchen gebacken, alle Päckchen gepackt waren und alle Zimmer so ordentlich dastanden, als seien sie wie neu – als es niemanden mehr gab, der es eilig hatte, und niemand mehr ungeduldig zu sein brauchte, weil es ja nun bald soweit war, sehr bald, der Tag wurde schon dunkel – als der Vater sich zu Leo und Lena ins Zimmer setzte und lächelte: Jetzt gleich ist es soweit – und doch noch einen Blick in die Zeitung warf und plötzlich sagte: Das ist aber schlimm, sehr schlimm, und Leo und Lena vorlas, daß ein Junge nun schon seit Tagen vermißt werde, daß man ihn suche und nicht finde, und Lena fragte, ob sie denn nicht alle helfen sollten, ihn zu suchen, und auch Leo auf einmal vergessen hatte, worauf sie warteten, und sagte: Wenn wir alle suchen, so müssen wir ihn doch finden, und der Vater erklärte, daß sie doch gar nicht wüßten, wo sie anfangen sollten zu suchen – da ging die Mutter, die nichts von dem Jungen gehört hatte, den Lena und Leo suchen wollten, in das Zimmer, das so lange verschlossen war, und sah sich noch einmal um. Da stand der Baum, groß und breit und bunt, und alles Geheimnisvolle hatte seinen Platz. Langsam begann sie, die Kerzen anzuzünden, und wie jedes Jahr in diesen Augenblicken fiel ihr ein, daß sie sich als Kind vorgestellt hatte, wie das Christkind mit allem Spielzeug durch verschlossene Fenster fliegen konnte, ohne daß es auch nur ein einziges Mal geklirrt hätte. Sie hatte sich das

Christkind so groß vorgestellt, wie sie selber war, nur um so vieles schöner, in einem weißen Pelzmäntelchen, genauso eines wie sie es besaß. Doch mit silbernen Schuhen, die sie nicht besaß. Und mit Flügeln natürlich, mit Flügeln. Leo und Lena, so dachte sie, kamen gar nicht auf den Gedanken, sich so etwas vorzustellen, und das tat ihr ein ganz klein wenig leid. Da nahm sie die kleine Glocke, die nur einmal im Jahr klingelte, und machte die Tür weit auf.

Robert Walser
Der Weihnachtsbaum

Was kümmert uns die kalte Nacht?
Es strahlt so lieblich in der Stube.
Da steht ein Bäumchen auf dem Tisch,
mit Silber und mit Gold geschmückt,
behängt mit lust'gen Leckereien,
und in den grünen Tannenzweigen
sind Kerzen, und die schimmern nun
beinah' wie Sterne, und nun geht
die Türe auf, es tritt herein
die wißbegier'ge Schar der Kinder,
sacht von den Eltern hergeführt.
Die zeigen und erklären ihnen
des Bäumchens leuchtende Erscheinung.
Sind da die Kinder nicht schier selig?
So was begreift sich ganz von selbst.
So zarte, reine, gute Seelen
sind fähig noch des schönsten Glückes.
Was kommt nun aber gänzlich Neues?
Das Weihnachtskindchen tritt herein,
die Zauberin, die holde Fee,
weiß wie der Schnee und süß wie Zucker
und gnädig wie ein überird'sches
Wesen, als hätt' sie eben noch
im Himmelreich sich aufgehalten
und kam' direkt vom lieben Gott,
und tut den Mund nun auf und spricht:
»Weil ihr das Jahr hindurch so folgsam

und artig und adrett gewesen,
nichts Sündliches begangen habt,
so geb' ich euch nun allerlei
Geschenke.« Damit führt sie sie
hin zu dem Baum und gibt jedwedem
das Seinige und lächelt, und
die Kinder tun es ebenfalls
und danken dann den lieben Eltern
für ihre Treu' und ihre Sorgfalt,
und diese küssen sie, so daß sie
allseitig sich in bestem Sinn
erfreuen und einander gut sind.
Welch heiliges und hohes Fest
und wunderliebliches Empfinden,
und während sie im kleinen Kreis
froh sind und um den Baum herum
die Angehörigkeit verkörpern,
läuten die Glocken durch die Welt,
daß überall, wo Menschen wohnen,
Lieb' und Vertraun lebendig werden.
Schlimm stünd's um uns, wenn solche Dinge
uns nichts bedeuteten, das aber
ist Gott sei Dank noch nicht der Fall. –

Süßer die Glocken nie klingen

Süßer die Glocken nie klingen,
als zu der Weihnachtszeit,
's ist als ob Engelein singen,
wieder von Frieden und Freud',
|: wie sie gesungen in seliger Nacht, :|
Glocken mit heiligem Klang,
klinget die Erde entlang.

Oh, wenn die Glocken erklingen,
schnell sie das Christkindlein hört,

tut sich vom Himmel dann schwingen,
eilet hernieder zur Erd,
|: segnet den Vater, die Mutter, das Kind :|
Glocken mit heiligem Klang,
klingt doch die Erde entlang!

Luise Büchner
Die Geschichte vom Christkind und vom Nikolaus

Nun war die gute Frau Holle froh, denn jetzt hatte sie einen Knecht für ihr Christkindchen gefunden und zugleich einen Gehilfen für die Menge von Geschäften, die es auf Weihnachten gibt.

Zuerst machte sie nun mit den Engeln zwei wunderschöne Körbe für den Esel, die wurden aus feinem Stroh geflochten und mit blauen und roten Seidenbändern verziert. Dann holten sie aus der Stadt vom Gerber schönes rotes Leder, davon machten sie einen Sattel und Zaum, und ringsherum wurden silberne Glöckchen gesetzt, so daß es immer leise klingelte, wenn das Eselchen sich bewegte. Dem Grauchen gefiel es sehr wohl in dem schönen Stall bei den zwei weißen Kühen, und bald hatte es das Christkind fast noch lieber als den Nikolaus, denn dasselbe brachte ihm jeden Tag süßes Zuckerbrot und streichelte und liebkoste es.

Unterdessen durchstreifte der Nikolaus wieder Wald und Feld, um sich neue Reiser und Gerten zu Ruten zu suchen, wobei er fortwährend auf die einfältigen Engelein schalt, die ihm seine schönen Ruten verbrannt hatten. Wenn er aber dann am Abend heimkam, hatten sie ihm immer ein Lieblingsgericht gekocht, bald Linsensuppe mit Bratwurst, bald Sauerkraut und bald Kartoffelklöße. Da ward er wieder vergnügt, ließ es sich schmecken und setzte sich dann ans Feuer, um Ruten zu binden. Christkindchen saß neben ihm, nahm die Ruten und wickelte schöne Gold- und Seidenbänder um den Stiel, damit die Ruten doch nicht so ganz entsetzlich aussähen.

»Mache nur immer deinen Firlefanz daran«, knurrte der Nikolaus, »die spürt man doch, wo sie hinfahren!« Damit schwang er eine Rute durch die Luft, daß es einen lauten Ton gab und die Engel ganz erschrocken in die Ecken flüchteten.

So verging der Spätherbst, die Blätter fielen alle von den Bäumen, der Wind pfiff laut über die Ebene, und dem Mühlbach verging das Rauschen und Murmeln, denn er war fest zugefroren, da sagte die Frau Holle: »Morgen, Kinder, gibt es einen lustigen Tag; da wollen wir einen ungeheuren Vorrat von Lebkuchen, Anisgebacknem und Marzipan backen, daß mein Christkindlein am Weihnachtsabend mit vollen Händen austeilen kann. Du, Nikolaus, bleibst hübsch zu Hause und sorgst für die Lebkuchen, das ist dein Geschäft, und backe sie nur so schön braun, wie dein Gesicht ist. Christkindlein aber macht das Anisgebackne und das Marzipan, weil dies ebenso weiß und fein ist wie mein Kind. Honig für die Lebkuchen ist genug da; die Bienchen, die den Sommer über unsere Blumen auf der Höhe benaschen, haben einen großen Vorrat ins Haus geschleppt. Das Mehl holt unser Grauchen heute nacht drunten in der Mühle, und die übrigen Sachen sind schon alle da. Ist es euch recht so?«

Alle riefen: »Ja, ja!«, nur der Nikolaus, der immer etwas zu knurren hatte, sagte: »Jetzt soll ich auch noch Lebkuchen backen, ich habe es längst wieder verlernt!«

»Wirst es schon noch können, alter Brummbär«, antwortete Frau Holle lachend, und richtig – am andern Morgen war er zuerst auf, heizte den großen Backofen ein und ging ans Werk. Er nahm Honig in eine Schüssel, die war fast so groß wie die goldne Badewanne, in der Frau Holle sich mit den Engelein wusch, tat Mehl hinzu, Pfeffer, Nägelein und Zimt und fing an, mit seinen großen Händen alles durcheinanderzukneten. Bei ihm ging alles in der größten Ruhe und Ordnung vor sich, denn er war ja ein Mann, und da muß jedes Ding seinen regelmäßigen Lauf haben. Um so lustiger und unruhiger aber war es nebenan, wo das Marzipan und das Anisgebackne verfertigt wurde. Gott, war das ein Getrappel und Gelaufe, ein Gekicher und Geschwätz – man konnte sein eigen Wort nicht verstehen! Da kniete ein Engelchen vor einem ungeheuren Mörser und stieß Zucker fein, dort saß ein anderes und las den Anis aus, ein drittes rieb Zitronen ab, ein viertes schlug die Eier auf, ein fünftes stäubte das Mehl durch ein Sieb, ein sechstes hackte Mandeln, ein siebentes malte den Zimt, und viere bis fünfe hielten am Rand eine großmächtige Schüssel fest, vor der das Christkindchen stand und mit einem langen Löffel den Teig herumrührte.

Zuweilen ward der Lärm so arg, daß der Nikolaus mit seinen Händen voll braunem Teig an der Türe erschien und Ruhe gebot. Dann ging aber der Spektakel erst recht los; sie stürzten alle auf den Nikolaus ein: »Hinaus«, riefen sie, »du brauner Kerl, hinaus! Du machst uns unser weißes Gebackne schwarz!« Dabei schlugen sie mit den leeren Mehlsäcken nach ihm, daß er so weiß ward wie der Müller drunten aus der Mühle. Nun aber war der Nikolaus auch nicht faul; er faßte mit seinen braunen Händen nach rechts und links, und wo er ein Engelein erwischte, klebte er ihm mit dem klebrigen Honigteig den Mund zu, daß ihm für diesen Tag das Sprechen und Lachen verging. Das war ein rechter Jammer! Frau Holle und Christkindchen mußten oft so lachen, daß sie nicht mehr fortarbeiten konnten. Da war es kein Wunder, wenn der Nikolaus früher fertig ward als die Frauenzimmer. Sie hatten kaum erst einige Hunde, Katzen, Pferde und dicke Männlein von Anis und Marzipan fertiggebracht, als der Nikolaus schon rief: »Nun kommt und seht!«

Sie liefen alle in seine Stube, da duftete es köstlich, und in langen Reihen lagen Tausende und Tausende von Odenwälder Honiglebkuchen aufgeschichtet. Viel Abwechselung war grade nicht dabei; sie waren entweder rund oder herzförmig, und in der Mitte hatte der Nikolaus ein Bild hineingedrückt, nach seinem absonderlichen Geschmack. Gewöhnlich war es Adam und Eva im Paradies oder auch ein Reitersmann und zuweilen das liebe Christkind selbst mit einer Strahlenkrone auf dem Kopf. Um das Bild herum war mit schönen weißen Buchstaben ein Vers gemalt. Weil aber der Nikolaus nicht recht schreiben kann, so kann man den Vers auch nicht recht lesen, und es ist darum allen Kindern zu raten, sich nicht weiter den Kopf darüber zu zerbrechen, sondern ihn ungelesen zu verzehren.

Frau Holle lobte den Nikolaus sehr wegen der schönen Arbeit, die er gemacht, und trieb nun die andern wieder tüchtig ans Werk. Sie schämten sich jetzt vor dem Nikolaus und eilten sich mehr als zuvor. Bald roch der ganze Böllstein so gut wie eine Hofküche, und am andern Morgen lagen ganze Gebirge von Marzipan und Anisgebacknem fertig da.

Als es Abend ward, zog Frau Holle dem Nikolaus ihren Pelzrock an und setzte ihm die Pelzmütze auf, füllte die Körbe des Eselchens mit Zuckerwerk und Ruten, legte ihm sein rotes Geschirr um und hob dann das Christkindchen, das seine schönsten Kleider anhatte, auf den Sattel. Der Nikolaus warf noch seinen Sack voll Nüsse und Äpfel über die Schulter, nahm dann die Zügel in die Hand, und fort ging es durch die dunkle Nacht den Berg hinab zu den hellen Wohnungen der Menschen. Frau Holle aber steckte sich schnell in ihr warmes Bett und war froh, daß sie nicht mehr hinaus und dann auf einem Zwirnsfaden heimreiten mußte.

Wie nun aber die beiden den Berg hinunter waren, hielt der Nikolaus den Esel an und sagte: »Liebes Christkindchen, ehe wir weiterziehen, möchte ich zuerst nach den Kindern in der Mühle sehen, die waren immer lieb und brav und pflegten mein Eselchen, wenn ich es einmal im Stall allein lassen mußte.«

»Das ist mir ja schon recht, lieber Nikolaus«, antwortete das Christkind, und so ritten sie denn ganz stille bis an die Mühle und sahen durch das Fenster hinein in die Stube. Das war sehr leicht, denn die Müllerin war eine brave Frau, und die Scheiben waren immer blankgeputzt. Auch die Lampe brannte schön hell, und um sie herum an dem blanken Tisch saßen das Gretchen, der Karl und der Peter. An ihrem Ansehen konnte man gleich merken, daß es brave Kinder waren, denn sie trieben keine Unarten, sondern jedes war mit einer Arbeit beschäftigt. Das Gretchen half der Mutter Äpfel schälen, weil am nächsten Tag Sonntag war und die Müllerin den Kindern versprochen hatte, ihnen einen großen Äpfelkuchen zu backen. Der Karl saß über einem Buch, hielt sich beide Ohren zu und murmelte immer vor sich hin, dabei war er ganz hochrot im Gesicht von der Anstrengung. Er hatte für den Herrn Schulmeister ein

Lied über den Sonntag auswendig zu lernen und hatte sich gleich am Samstag abend darüber gesetzt, wie dies die fleißigen Kinder tun. Der kleine Peter malte ruhig auf seine Schiefertafel Hunde und Katzen, und wenn diese auch eher Mehlsäcken und Brotlaiben als Tieren glichen, so lag ja nichts daran.

Wer da draußen vor dem Fenster stand und ihnen zusah – das wußten die Kinder freilich nicht und sollten sie auch nicht wissen. Leise, leise griff Christkindchen in den Korb mit den Zuckersachen und legte für jedes Kind ein großes Stück auf das Fenstergesims. Eine Rute dazuzulegen, war bei so lieben Kindern ganz überflüssig. Wer aber den Nikolaus und das Christkindchen beinahe verraten hätte, das war das Grauchen. Er kannte die Mühle und die Kinder gar wohl und freute sich, sie zu sehen. So reckte er denn die langen, spitzen Ohren in die Höhe, bewegte den Kopf wie zum Gruß, so daß die silbernen Glöckchen an dem roten Zaum hell erklangen, und rief ein freudiges »I – ah!« Wie flogen da die drei blonden Köpfe in der Stube von der Arbeit empor, und wie neugierig starrten die blauen Augen nach den angelaufenen Fensterscheiben.

»Mutter, das war unser Grauchen, dem Nikolaus sein Grauchen!« rief Karl, stürzte an das Fenster und die andern hinter ihm drein. Aber sie kamen viel zu spät, husch, husch! waren der Nikolaus, das Christkind und der Esel wieder in Nacht und Nebel verschwunden, nur ganz von ferne hörte man noch die silbernen Schellchen klingen. Ganz betrübt sahen die Kinder einander an, da sagte die Müllerin: »Aber da draußen vor dem Fenster steht etwas, seht nur, ein Reitersmann von Marzipan, eine Wickelpuppe von Anisgebacknem und ein großer Herzlebkuchen!« Die

Müllerin machte das Fenster auf, holte die Zuckersachen herein, und nun wollten die Freude und der Jubel gar kein Ende nehmen.

»Seht ihr, daß ich recht hatte!« sagte Karl, »da ist wirklich der Nikolaus mit seinem Eselchen und dem Christkind draußen gewesen.«

»Was sprichst du da von einem Christkind?« fragte die Mutter.

»Ja, so ist es«, rief Gretchen, »der Nikolaus ist jetzt mit seinem Esel droben auf dem Böllstein bei der guten Frau Holle und dem lieben Christkind, das hat er uns alles erzählt. Und wenn wir brav sind, bringt er uns zu Weihnachten einen Zuckerbaum und viele schöne Sachen!«

»Wenn ich nur das Eselchen gesehen hätte«, sagte der kleine Peter.

»Weißt du, Peterchen, was wir tun«, rief Karl, »wir legen morgen abend dem Grauchen ein Bündelchen Heu vor die Türe, zum Dank dafür, daß wir so gute Sachen bekommen haben.«

»Und das Heu stecken wir in unsere Schuhe«, setzte Gretchen hinzu, »damit der Wind es nicht fortjagt.«

So wurde es wirklich gemacht; die dankbaren Kinder steckten am andern Abend Heu in ihre kleinen Schuhe und stellten sie vor die Türe. In der Nacht kamen richtig wieder der Nikolaus, das Christkind und der Esel, der schon von weitem das gute Heu witterte. Er blieb stehen, fraß es, und der Nikolaus, den nichts so sehr freut, als wenn man seinen Esel gut behandelt, steckte einen großen roten Apfel in jeden Schuh; dann zogen sie weiter. Als aber nun am Montag morgen die Liesbeth die Schuhe für die Müllerskinder hereinholte, lag statt des Heues in jedem ein schöner Apfel. Das hatten sie nicht erwartet und waren ganz toll vor Freude. Als sie in die Schule kamen, hatten sie gar nichts Eiligeres zu tun, als die große Neuigkeit allen Kindern zu erzählen. Die liefen nach Hause, stellten auch ihre Schuhe vor die Türe, steckten auch Heu hinein und fanden am andern Morgen statt dessen einen dicken roten Apfel. Bald wußten alle Kinder im ganzen Lande die Geschichte von dem Esel und dem Heu, und das Grauchen bekommt soviel zu fressen, daß es immer noch lebt, obgleich es schon seit vielen hundert Jahren mit dem Nikolaus und dem Christkind in der Welt herumzieht. So ein Apfel, der des Nachts in den Schuh gesteckt wird, schmeckt aber auch zehnmal süßer als der beste Zehnuhrapfel der Mama.

So reiten denn die drei jedes Jahr von Dorf zu Dorf, von Stadt zu Stadt, von Haus zu Haus, sehen durch die Fenster, wo die guten und die schlimmen Kinder sind, bringen Zuckerwerk oder Ruten, wie es eben paßt, bis endlich Weihnachten, des lieben Christkindleins Geburtstag, kommt. Da wird es am allerschönsten!

Wenn es dann Abend geworden und die große Glocke auf dem Kirchturm fünfmal: bum, bum, bum, bum, bum! geschlagen hat, wird es in allen Häusern so helle, wie damals droben auf der Böllsteiner Höhe, als der Klapperstorch das liebe Kindlein zu Frau Holle brachte, und es jauchzt und jubiliert in den Stuben, grade so, wie es damals die Engelein machten. – Jetzt ist Christkindleins heimliches Werk zu Ende, und alles wird offenbar, was es mit den Eltern zu tutscheln und abzumachen hatte. Da prangt für die guten Kinder der bunte Christbaum und stehen die prächtigen Spielsachen umher, und sie nehmen sich fest vor, im folgenden Jahre noch lieber und artiger zu werden und dadurch dem guten Christkindchen ihren Dank zu beweisen.

Nikolaus und Christkindchen sind aber jetzt gar müde und matt. Während die Freude und das Glück, das sie gebracht, in allen Häusern lebendig sind, ziehen sie still hinauf auf ihren Böllstein, stecken sich in ihre warmen Betten und schlafen sich darin aus, bis es wieder Zeit wird, an die neue Weihnacht zu denken.

In dieser Weise geht es nun schon viele, viele, viele Jahre lang; der Nikolaus hat unterdessen einen langen weißen Bart und schneeweiße Haare bekommen, und er ist noch mürrischer als zuvor, denn die Weihnachtsarbeit wird ihm manchmal recht sauer. Das liebe Christkind aber verändert sich nicht; es bleibt ewig jung und ewig schön und ist den artigen Kindern noch ebenso gut, wie am ersten Tage. Die Frau Holle hat sich schon längst ganz zur Ruhe gelegt, man sieht und hört nichts mehr von ihr; ihr weiches Federbett hat das Christkind geerbt, und an dem haben nun die Engelein zu schütteln und zu rütteln. Wenn ich euch nicht die Geschichte von der Frau Holle erzählt hätte, so wüßtet ihr gar nicht, daß sie jemals dagewesen.

Theodor Storm
Knecht Ruprecht

Von drauß' vom Walde komm ich her;
Ich muß euch sagen, es weihnachtet sehr!
Allüberall auf den Tannenspitzen
Sah ich goldene Lichtlein sitzen;
Und droben aus dem Himmelstor
Sah mit großen Augen das Christkind hervor.
Und wie ich so strolcht durch den finstern Tann,
Da rief's mich mit heller Stimme an.
»Knecht Ruprecht«, rief es, »alter Gesell,
Hebe die Beine und spute dich schnell!
Die Kerzen fangen zu brennen an.
Das Himmelstor ist aufgetan,
Alt' und Junge sollen nun
Von der Jagd des Lebens einmal ruhn;
Und morgen flieg ich hinab zur Erden,
Denn es soll wieder Weihnachten werden!«
Ich sprach: »O lieber Herre Christ,
Meine Reise fast zu Ende ist;
Ich soll nur noch in diese Stadt,
Wo's eitel gute Kinder hat.«
– »Hast denn das Säcklein auch bei dir?«
Ich sprach: »Das Säcklein, das ist hier:
Denn Äpfel, Nuß und Mandelkern
Fressen fromme Kinder gern.«
– »Hast denn die Rute auch bei dir?«
Ich sprach: »Die Rute, die ist hier;
Doch für die Kinder nur, die schlechten,

Die trifft sie auf den Teil, den rechten.«
Christkindlein sprach »So ist es recht;
So geh mit Gott, mein treuer Knecht!«
Von drauß' vom Walde komm' ich her;
Ich muß euch sagen, es weihnachtet sehr!
Nun sprecht, wie ich's hierinnen find'!
Sind's gute Kind, sind's böse Kind?

Jehan le Povre Moyne
Die Legende vom Weihnachtsmann

Für die, welche nie gewußt haben,
woher der Weihnachtsmann kam

Kinderchen, hört gut zu...

Als die Jungfrau Maria in die Krippe, zwischen den Ochsen und den Esel, das Heilige Kindlein gelegt hatte, das von ihr gefallen war, wie eine Frucht im Herbst vom Baume fällt, kündeten die Engel den Hirten der Umgebung an, daß ihr König geboren war.

Mehr als König der Erde war er König des Himmels, denn sein Reich ist nicht von dieser Welt; das sagt er selbst.

Die Hirtinnen und ihre Lämmer liefen bis zum Stall, warfen sich auf die Knie und beteten das göttliche Kind an.

Seht ihr wohl? Ein alter Stall, strohgedeckt, erleuchtet von einem großen Licht, das kein irdisches Licht war.

Bei ihrem Futtertrog kauernd, wärmen ein Ochse und eine armselige Eselin mit ihrem Atem ein ganz kleines Kind, über das sich hübsch, so hübsch wie eure Mama, seine Mama und stark, so stark wie euer Papa, sein Papa beugen. Seht ihr wohl? Es sind die heilige Jungfrau und der heilige Joseph.

Und da sind eben die Hirtenknaben eingetreten. Sie flöten Lieder, alte Hirtenlieder. Sie bringen Lämmer, Schaffelle, Käse und ihre Pfeifen aus Baumrinde dar. Sie bringen ihre Armut dar.

Jesus nimmt alles und sagt danke ... Man muß immer,

so reich man auch ist, Kinderchen, danke sagen, wenn man etwas bekommt … Im Hintergrund des Stalles häufen sich die Opfergaben: Es sind so viele, auf Ehre, daß man nicht weiß, wo man sie hinlegen soll. Sankt Joseph beeilt sich, Platz zu machen, stößt Heubündel beiseite, ruft die Engel, die auf dem Dach ein »Ehre sei Gott in der Höhe« singen, damit sie ihm bei der Aufgabe helfen.

Bauern und Bäuerinnen aus dem nächsten Dorfe laufen auch noch herbei. Und auch sie bringen Geschenke: Es sind Windeln, Brote, Geflügel, Milch, Gaben der Armen, aber nützliche Gaben; ich werde euch gleich sagen, warum. Dann kommen noch Bürger und Honoratioren. Sie bieten Jesus Teppiche an, Waffen, kostbare Kästchen, wohlriechende Flüssigkeiten. Es tritt jemand ein, ein Großvater, der die Arme vollbeladen hat mit Puppen, mit Spielzeug jener Zeit, mit vergoldeten Trauben und mit guten Sachen zum Knabbern.

Und das Jesuskind nimmt immer alles an und sagt auch immer danke. Der heilige Joseph schichtet hier und da, bei der Tür, die Wände entlang, in der Raufe der Tiere, überall die wunderbaren Geschenke auf, die dem König der Könige dargeboten worden sind.

Auf ein Zeichen Jesu treibt ein Engel jetzt sachte die Menge auseinander, die den Eingang zum Stall versperrt. Einem armen alten Bettler, der elend und ermattet ist, bekleidet mit einem langen Gewand mit tausend Flicken darauf, das Gesicht ganz verborgen durch einen wenigstens hundertjährigen Bart, der ihm bis zu den Knien herabfällt, wird die Ehre zuteil, der Krippe des Gottessohnes nahen zu dürfen. Seine Hände zittern, seinen großen Körper fröstelt es, man sieht Tränen, die in seinen Bart fließen. Er betet den kleinen Jesus an, stammelt zärtliche Worte, verneigt sich vor der heiligen Jungfrau und dem heiligen Joseph. Dann wird er plötzlich alle die Opfergaben gewahr, welche die anderen hergebracht haben. Eine unendliche Angst zieht in seinen Augen vorüber. Er hat nichts. Er ist nur ein Bettler auf den ewigen Straßen und hat in seiner Kiepe, die er bis auf den untersten Grund durchwühlt, nichts als Tuchfetzen, abgenagte Knochen, Geschirrtrümmer, Haufen von unnennbaren Sachen, die er auf den Kleinmärkten der Städte verkauft.

Er sucht, er sucht, was er anbieten könnte. Aus den elenden Lumpen, die er besitzt, zieht er jetzt ein altes Stück Brokat, das er auf der Schwelle irgendeines königlichen Hofschneiders aufgehoben hat. Es ist das reichste Stück seiner Sammlung, dasjenige, aus dem er vielleicht einen kleinen Gewinn ziehen könnte. Und nun reicht er es gutwillig auf seinen langen Handflächen Jesus hin, der ihm zulächelt.

Sie ist so höflich, so rührend, ihr kleinen Seelen, die ihr mir zuhört, diese Gebärde des guten alten Mannes, daß alle, die ihn umgeben, ihn beneiden und vor Bewunderung weinen.

Nun streckt Jesus sein kleines Ärmchen eines neugeborenen Kindes nach ihm aus, macht ein Zeichen, und siehe da, der schmutzige Rock des Bettlers verwandelt sich in ein schönes schneeweißes Gewebe mit Silber- und Goldflitter besetzt. Und, siehe da, sein hundertjähriger Bart blüht wie lebendes Silber. Und, siehe da, in seine Kiepe stürzen sich alle Geschenke, die Jesus von den ihn Anbetenden bekommen hat, alles, alles häuft sich an, alles paßt hinein, und es ist noch Platz da.

Die Menge ist starr vor Staunen über das Wunder. Die Engel selbst haben nie so etwas gesehen, und Jesus, der noch nicht die Sprache der Menschen spricht, zieht ein Englein zu sich heran. Mit Worten, die wir nicht verstehen können, aber welche die kleinen Kinder kennen, die eben geboren worden sind, mit einem Lallen, das der Mütter Herz nur mit großer Mühe errät, gibt er ihm Befehle, die das Englein dem guten alten Mann von der Landstraße übersetzt.

»Im Namen des Vaters, des Sohnes und des Heiligen Geistes«, sagt es, »Du hast die Ewigkeit für Dich. Du wirst durch den ganzen Himmel reisen auf den großen Wegen, die den Menschen unbekannt sind, den mit Sternen gepflasterten himmlischen Wegen. Zu Ehren Jesu wirst Du den artigen kleinen Kindern alle die Geschenke verteilen, die Du in Deiner Kiepe trägst. Du wirst sie durch den Schornstein fallen lassen, und es wird nie etwas entzwei gehen. Du wirst verstehen, den Armen eher als Spielsachen Kleider und gute Dinge zum Essen zu geben. Aber allen wirst Du verständlich machen, wieviel Liebe sich in dem bescheidensten Gegenstand verbirgt, den man empfängt. Von jetzt an wirst Du ›der Weihnachtsmann‹ heißen zur Erinnerung an diese glückselige Nacht. Du wirst niemals frieren, niemals hungrig, niemals durstig sein. Du wirst niemals müde werden. Du wirst so schnell gehen, so schnell, daß Du in einer Stunde die ganze Erde besucht haben wirst. Und die Kinder werden Dich segnen, solange wie ihre Seelen einfach und rein bleiben werden. Dies Jahr wirst Du das verteilen, was Du hast. Nächstes Jahr werden es andere Dinge sein. Jesus gibt Dir die Macht, Deine Schützlinge zu verwöhnen, wie Du es wünschest, und Dir Spielzeug und nützliche Dinge zu beschaffen, wo Du willst. Los! Geh'! mein guter Weihnachtsmann!«

Und so kommt es, Kinderchen, daß seit zwanzig Jahrhunderten der von der Krippe hergekommene alte Weihnachtsmann in euer Schuhwerk gesegnete Gaben legt und daß er damit fortfahren wird, solange wie ihr artige Kinder sein werdet.

Hermann Löns
Der allererste Weihnachtsbaum

Der Weihnachtsmann ging mit sehr brummigem Gesicht durch den Wald. Er war ärgerlich. Sein weißer Spitz, der sonst immer lustig bellend vor ihm lief, merkte das und schlich hinter seinem Herrn mit eingezogener Rute her. Der Weihnachtsmann hatte wohl recht, brummig und unzufrieden zu sein. Er ist ein guter alter Mann mit freundlichen Augen und dem besten Herzen von der Welt. Er wird nur traurig, wenn er Böses und Häßliches erlebt, aber brummig wird er dann nicht. Das wird er nur, wenn er mit sich selbst unzufrieden ist. Das war er heute. Er hielt den Kopf tief, so daß der Schirm seines altmodischen Wolkenschiebers fast sein ganzes Gesicht verdeckte, knurrte und brummte allerlei Unverständliches durch seinen langen, weißen Bart und rauchte, daß es aussah, als wenn ein kleiner Bauer backt.

Er hatte einen weiten Weg hinter sich. Er war von Nürnberg gekommen, wo er Weihnachtsspielzeug geholt hatte, war dann in Hildesheim gewesen, um Pumpernickel zu holen, und in Thüringen, von wo er immer die Puppen bezieht, Jahr für Jahr. Die Tage vorher hatte er Äpfel und Nüsse bestellt im Solling und in der Heide. – Er hatte alles bekommen, was er haben wollte. Das Spielzeug war genauso gut wie früher, ja noch schöner; die Äpfel und Nüsse waren gut geraten, und trotzdem war der Alte brummig.

Er hatte nämlich nicht mehr die rechte Freude an seiner Tätigkeit. Es war alle Jahre dasselbe. Es war kein Schwung in der Sache. Spielzeug und Eßwaren, das war auf die Dauer nichts. Die Kinder freuten sich wohl darüber, aber quieken sollten sie und jubeln und singen, so wollte er es; das taten sie aber nur selten.

Den ganzen Dezembermonat hatte der Weihnachtsmann schon darüber nachgegrübelt, was er wohl Neues erfinden könne, um einmal wieder eine rechte Weihnachtsfreude in die Kinderwelt zu bringen, eine Weihnachtsfreude, an der auch die Großen teilnehmen würden. Kostbarkeiten durften es auch nicht sein, denn er hatte so und soviel auszugeben und mehr nicht.

So stampfte er denn auch durch den verschneiten Wald, bis er auf dem Kreuzweg war, dort wollte er das Christkindchen treffen. Mit dem beriet er sich nämlich immer über die Verteilung der Gaben. – Schon von weitem sah er, daß das Christkindchen da war, denn ein heller Schein war dort. Das Christkindchen hatte ein langes weißes Pelzkleidchen an und lachte über das ganze Gesicht. Denn um es herum lagen große Bündel Kleeheu und Bohnenstiegen und Espen- und Weidenzweige, und daran taten sich die hungrigen Hirsche und Rehe und Hasen gütlich. Sogar für die Sauen gab es etwas, Kastanien, Eicheln und Rüben.

Der Weihnachtsmann nahm seinen Wolkenschieber ab und bot dem Christkindchen die Tageszeit. »Na, Alterchen, wie geht's?« fragte das Christkind, »hast wohl schlechte Laune?« Damit hakte es den Alten unter und ging mit ihm. Hinter ihnen trabte der kleine Spitz, aber er sah nicht mehr betrübt aus und hielt seinen Schwanz kühn in die Luft.

»Ja«, sagte der Weihnachtsmann, »die ganze Sache macht mir so recht keinen Spaß mehr. Liegt es am Alter oder an sonst was, ich weiß nicht, ich hab' kein Fiduz mehr daran. Das mit den Pfefferkuchen und Äpfeln und Nüssen, das ist nichts mehr. Das essen sie auf, und dann ist das Fest vorbei. Man müßte etwas Neues erfinden, etwas, das nicht zum Essen und nicht zum Spielen ist, aber wobei alt und jung singt und lacht und fröhlich wird.«

Das Christkindchen nickte und machte ein nachdenkliches Gesicht; dann sagte es: »Da hast du recht, Alter, mir ist das auch schon aufgefallen. Ich habe daran auch schon gedacht, aber das ist nicht so leicht.«

»Das ist es ja gerade«, knurrte der Weihnachtsmann, »ich bin zu alt und zu dumm dazu. Ich habe schon richtiges Kopfweh von all dem Nachdenken, und es fällt mir doch nichts Vernünftiges ein. Wenn es so weitergeht, schläft allmählich die ganze Sache ein, und es wird ein Fest wie alle anderen, von dem die Menschen dann weiter nichts haben als Faulenzen, Essen und Trinken.«

Nachdenklich gingen beide durch den weißen Winterwald, der Weihnachtsmann mit brummigem, das Christkindchen mit nachdenklichem Gesichte. Es war so still im Walde, kein Zweig rührte sich, nur, wenn die Eule sich auf einen Ast setzte, fiel ein Stückchen Schneebehang mit halblautem Ton herab. So kamen die beiden, den Spitz hinter sich, aus dem hohen Holze auf einen Kahlschlag, auf dem große und kleine Tannen standen. Das sah nun wunderschön aus. Der Mond schien hell und klar, alle Sterne leuchteten, der Schnee sah aus wie Silber, und die Tannen standen darin, schwarz und weiß, daß es eine Pracht war. Eine fünf Fuß hohe Tanne, die allein im Vordergrunde stand, sah besonders reizend aus. Sie war regelmäßig gewachsen, hatte auf jedem Zweig einen Schneestreifen, an den Zweigspitzen kleine Eiszapfen und glitzerte und flimmerte nur so im Mondenschein.

Das Christkindchen ließ den Arm des Weihnachtsmanns los, stieß den Alten an, zeigte auf die Tanne und sagte: »Ist das nicht wunderhübsch?«

»Ja« sagte der Alte, »aber was hilft mir das?«

»Gib ein paar Äpfel her«, sagte das Christkindchen, »ich habe einen Gedanken.«

Der Weihnachtsmann machte ein dummes Gesicht, denn er konnte sich nicht recht vorstellen, daß das Christkind bei der Kälte Appetit auf die eiskalten Äpfel hatte. Er hatte zwar noch einen guten alten Schnaps in seinem Dachsholster, aber den mochte er dem Christkindchen nicht anbieten.

Er machte sein Tragband ab, stellte seine riesige Kiepe in den Schnee, kramte darin herum und langte ein paar recht schöne Äpfel heraus. Dann faßte er in die Tasche, holte sein Messer heraus, wetzte es an einem Buchenstamm und reichte es dem Christkindchen.

»Sieh, wie schlau du bist«, sagte das Christkindchen. »Nun schneid' mal etwas Bindfaden in zweifingerlange Stücke, und mach mir kleine spitze Pflöckchen.«

Dem Alten kam das alles etwas ulkig vor, aber er sagte nichts und tat, was das Christkind ihm sagte. Als er die Bindfadenenden und die Pflöckchen fertig hatte, nahm das Christkind einen Apfel, steckte ein Pflöckchen hinein, band den Faden daran und hängte den an einen Ast.

»So«, sagte es dann, »nun müssen auch die anderen welche haben, und dabei kannst du helfen, aber vorsichtig, daß kein Schnee abfällt.«

Der Alte half, obgleich er nicht wußte, warum. Aber es

machte ihm schließlich Spaß, und als die ganze kleine Tanne voll von rotbäckigen Äpfeln hing, da trat er fünf Schritte zurück, lachte und sagte: »Kiek, wie niedlich das aussieht! Aber was hat das alles für'n Zweck?«

»Braucht denn alles gleich einen Zweck zu haben?« lachte das Christkind. »Paß auf, das wird noch schöner. Nun gib mal Nüsse her!«

Der Alte krabbelte aus seiner Kiepe Walnüsse heraus und gab sie dem Christkindchen. Das steckte in jedes ein Hölzchen, machte einen Faden daran, rieb immer eine Nuß an der goldenen Oberseite seiner Flügel, und dann war die Nuß golden, und die nächste an der silbernen Unterseite seiner Flügel, und dann hatte es eine silberne Nuß und hing die zwischen die Äpfel.

»Was sagst' nun, Alterchen?« fragte es dann, »ist das nicht allerliebst?«

»Ja«, sagte der, »aber ich weiß immer noch nicht ...«

»Kommt schon!« lachte das Christkindchen. »Hast du Lichter?« – »Lichter nicht«, meinte der Weihnachtsmann, »aber 'n Wachsstock!«

»Das ist fein«, sagte das Christkind, nahm den Wachsstock, zerschnitt ihn und drehte erst ein Stück um den Mitteltrieb des Bäumchens und die anderen Stücke um die Zweigenden, bog sie hübsch gerade und sagte dann: »Feuerzeug hast du doch?«

»Gewiß«, sagte der Alte, holte Stein, Stahl und Schwammdose heraus, pinkte Feuer aus dem Stein, ließ den Zunder in der Schwammdose zum Glimmen kommen und steckte daran ein paar Schwefelspäne an. Die gab er dem Christkindchen. Das nahm einen hellbrennenden Schwefelspan und steckte damit das oberste Licht an, dann das nächste davon rechts, dann das gegenüberliegende, und rund um das Bäumchen gehend, brachte es so ein Licht nach dem anderen zum Brennen.

Da stand nun das Bäumchen im Schnee; aus seinem halbverschneiten dunklen Gezweig sahen die roten Backen der Äpfel, die Gold- und Silbernüsse blitzten und funkelten, und die gelben Wachskerzen brannten feierlich. Das Christkindchen lachte über das ganze rosige Gesicht und patschte in die Hände, der alte Weihnachtsmann sah gar nicht mehr so brummig aus, und der kleine weiße Spitz sprang hin und her und bellte.

Als die Lichter ein wenig heruntergebrannt waren, wehte das Christkindchen mit seinen goldsilbernen Flügeln, und da gingen die Lichter aus. Es sagte dem Weihnachtsmann, er solle das Bäumchen vorsichtig absägen. Das tat der, und dann gingen beide den Berg hinab und nahmen das bunte Bäumchen mit.

Als sie in den Ort kamen, schlief schon alles. Beim kleinsten Hause machten die beiden halt. Das Christkind machte leise die Tür auf und trat ein; der Weihnachtsmann ging hinterher. In der Stube stand ein dreibeiniger Schemel mit einer durchlochten Platte, den stellten sie auf den Tisch und steckten das Bäumchen hinein. Der Weihnachtsmann legte dann noch allerlei schöne Dinge, Spielzeug, Kuchen, Äpfel und Nüsse unter den Baum, und dann verließen beide das Haus ebenso leise, wie sie es betreten hatten.

Als der Mann, dem das Häuschen gehörte, am anderen Morgen erwachte und den bunten Baum sah, da staunte er und wußte nicht, was er dazu sagen sollte. Als er aber an dem Türpfosten, den des Christkinds Flügel gestreift hatte, Gold- und Silberflimmer hängen sah, da wußte er Bescheid.

Er steckte die Lichter an dem Bäumchen an und weckte Frau und Kinder.

Das war eine Freude in dem kleinen Hause, wie an keinem Weihnachtstage. Keines von den Kindern sah nach dem Spielzeug und nach dem Kuchen und den Äpfeln, sie sahen alle nur nach dem Lichterbaum. Sie faßten sich an die Hände, tanzten um den Baum und sangen alle Weihnachtslieder, die sie wußten, und selbst das Kleinste, was noch auf dem Arm getragen wurde, krähte, was es krähen konnte.

Vor dem Fenster aber standen das Christkindchen und der Weihnachtsmann und sahen lächelnd zu.

Als es hellichter Tag geworden war, da kamen die Freunde und Verwandten des Bergmanns, sahen sich das Bäumchen an, freuten sich darüber und gingen gleich in den Wald, um sich für ihre Kinder auch ein Weihnachtsbäumchen zu holen. Die anderen Leute, die das sahen, machten es alle nach, jeder holte sich einen Tannenbaum und putzte ihn an, der eine so, der andere so, aber Lichter, Äpfel und Nüsse hingen sie alle daran. – Als es dann Abend wurde, brannte im ganzen Dorf Haus bei Haus ein Weihnachtsbaum, überall hörte man Weihnachtslieder und das Jubeln und Lachen der Kinder.

Von da aus ist der Weihnachtsmann über ganz Deutschland gewandert und von da über die ganze Erde. Weil aber der erste Weihnachtsbaum am Morgen brannte, so wird in manchen Gegenden den Kindern morgens beschert.

Erwin Strittmatter
Der Weihnachtsmann mit der Lumpenkiste

In meiner Heimat gehen am Andreastage, dem 30. November, die Ruprechte von Haus zu Haus. Die Ruprechte, das sind die Burschen des Dorfes in Verkleidungen, wie sie die Bodenkammern und die Truhen der Altenteiler, der Großeltern, hergeben. Die rüden Burschen haben bei diesem Rundgang durch das Dorf keineswegs den Ehrgeiz, friedfertige Weihnachtsmänner zu sein. Sie dringen in die Häuser wie eine Räuberhorde. Sie schlagen mit Birkenruten um sich, werfen Äpfel und Nüsse, auch Backobst ins Zimmer. Sie brummen wie alte Bären und wackeln mit den vermummten Köpfen. »Können die Kinder beten?« brummen sie. Die Kinder beten. Sie beten vor Angst kunterbunt: »Müde bin ich, geh zur Ruh ... komm, Herr Jesus, sei unser Gast... der Mai ist gekommen...«

Wenn die Ruprechthorde die kleine Dorfschneiderstube meiner Mutter verlassen hatte, roch es darin noch lange nach stockigen Kleidungsstücken, nach Mottenpulver und reifen Äpfeln. Meine kleine Schwester und ich aber saßen unter dem großen Schneidertisch. Die Tischplatte schien uns ein besserer Schutz als unsere Gebetchen, und wir wagten lange nicht hervorzukommen, noch weniger das Dörrobst und die Nüsse, die die Ruprechte in die Stube geworfen hatten, anzurühren. Das hat denn wohl auch der Mutter nicht gefallen, denn sie bestellte im nächsten Jahre die Ruprechte ab. Oh, was hatten wir für eine mächtige Mutter! Sie konnte die Ruprechte abbestellen und dafür das Christkind einladen.

Zu uns kam also jahrsdrauf das Christkind, um uns mit den üblichen Weihnachtsbringern zu versöhnen. Das Christkind trug ein weißes Tüllkleid und ging in Ermangelung von heiligweißen Strümpfen – es war im Ersten Weltkrieg – barfuß in geborgten Brautschuhen. Sein Gesicht war von einem großen Strohhut überschattet, dessen Krempe mit Wachswattekirschen garniert war. Vom Rande des Strohhutes fiel dem Christkind ein weißer Tüllschleier übers Gesicht. Das holde Himmelskind sprach mit piepsiger Stimme und streichelte uns sogar mit seinen Brauthandschuhhänden. Als wir unsere Gebete abgerasselt hatten, wurden wir mit gelben Äpfeln beschenkt, die den Goldparmänenäpfeln, die wir als Wintervorrat auf dem Boden in einer Strohschütte liegen hatten, sehr glichen. Das sollten nun Himmelsäpfel sein? Wir bedankten uns trotzdem artig mit »Diener« und »Knicks«, und das Christkind stakte gravitätisch auf seinen nackten Heiligenbeinen in Brautstökkelschuhen davon.

»Habt ihr gesehn, wie 's Christkind aussah?« fragte meine mit dem Christkind zufriedene Mutter.

»Ja«, sagte ich, »wie Buliks Alma hinter einer Gardine sah's aus.« Buliks Alma war die etwa vierzehnjährige Tochter aus dem Nachbarhause. An diesem Abend sprachen wir nicht mehr über das Christkind.

Vielleicht kam die Mutter auch wirklich nicht ohne Weihnachtsmann aus, wenn sie sich tagsüber die nötige Ruhe in der Schneiderstube erhalten wollte. Jedenfalls sollte der Weihnachtsmann nach dem mißglückten Christkind nunmehr eine Werkstatt über dem Bodenzimmer unter dem Dach eingerichtet haben. Das war freilich eine dunkle, geheimnisvolle Ecke des Häuschens, in der wir noch nie gewesen waren. Die Treppe führte nicht unter das Dach, und eine Leiter war nicht vorhanden. Die Mutter wußte so geheimnisvoll zu erzählen, wie sehr der Weihnachtsmann dort oben nachts, wenn wir schliefen, arbeite, daß uns das Umhertollen und Plappern verging, weil der Weihnachtsmann sich bei Tage doch ausruhen und schlafen mußte.

Eines Abends vor dem Schlafengehen hörten wir dann auch wirklich den Weihnachtsmann in seiner Werkstatt scharwerken, und die Mutter war sicher an jenem Abend dankbar gegen den Wind, der ihr beim Märchenmachen behilflich war.

Soll der Weihnachtsmann Nacht für Nacht arbeiten, ohne zu essen? Diese Frage stellte ich hartnäckig.

»Wenn ihr artig seid, ißt er vielleicht wahrhaftig einen Teller Mittagessen von euch«, entschied die Mutter.

Also erhielt der Weihnachtsmann am nächsten Tage von meiner Schwester und mir einen Teller Mittagessen. Den Teller stellten wir nach Ratschlägen unserer Mutter an der Tür des Bodenstübchens ab. Ich gab meinen Patenlöffel dazu. Sollte der Weihnachtsmann vielleicht mit den Fingern essen?

Bald hörten wir unten in der Schneiderstube, wie der Löffel im Teller klirrte. Oh, was hätten wir dafür gegeben, den Weihnachtsmann essen sehen zu dürfen; allein die gute Mutter warnte uns, den alten wunderlichen Mann ja nicht zu vergrämen, und wir gehorchten.

Versteht sich, daß der Weihnachtsmann nun täglich von uns beköstigt wurde. Wir wunderten uns, daß Teller und Löffel, wenn wir sie am späten Nachmittag vom Boden holten, blink und blank waren, als wären sie durch den

Abwasch gegangen. Der Weihnachtsmann war demnach ein reinlicher Gesell, und wir bemühten uns, ihm nachzueifern. Wir schabten und kratzten nach den Mahlzeiten unsere Teller aus, und dennoch waren sie nicht so sauber wie der leere Teller des heiligen Mannes auf dem Dachboden.

Nach dem Mittagessen hatte ich als Ältester, um meine Mutter in der nähfädelreichen Vorweihnachtszeit zu entlasten, das wenige Geschirr zu spülen, und meine Schwester trocknete es ab. Da der Weihnachtsmann nun sein Eßgeschirr im blitzblanken Zustande zurücklieferte, versuchte ich, ihm auch das Abwaschen unseres Mittagsgeschirrs zu übertragen. Es glückte. Ich ließ den Weihnachtsmann für mich arbeiten, und meine Schwester war auch nicht böse, wenn sie die leicht zerbrechlichen Teller nicht abzutrocknen brauchte.

War's Forscherdrang, der mich zwackte, war's, um mich bei dem Alten auf dem Dachboden beliebt zu machen: Ich begann ihm außerdem auf eigene Faust meine Aufwartung zu machen. Bald wußte ich, was ein Weihnachtsmann gern aß. Von einem Stück Frühstücksbrot, das ich ihm hingetragen hatte, aß er zum Beispiel nur die Margarine herunter. Der Großvater schenkte mir ein Zuckerstück, eine rare Sache in jener Zeit. Ich schenkte das Naschwerk dem Weihnachtsmann. Er verschmähte es. Oder mochte er es nur nicht, weil ich es schon angeknabbert hatte? Auch einen Apfel ließ er liegen, aber eine Maus aß er. Dabei hatte ich ihm die tote Maus nur in der Hoffnung hingelegt, er würde sie wieder lebendig machen; hatte er nicht im Vorjahr einen neuen Schwanz an mein altes Holzpferd wachsen lassen?

Soso, der Weihnachtsmann aß also Mäuse. Vielleicht würde er sich auch über Heringsköpfe freuen, die meine Mutter weggeworfen hatte. Ich legte drei Heringsköpfe vor die Tür der Bodenstube, und da mein Großvater zu Besuch war, hatte ich sogar den Mut, mich hinter der Lumpenkiste zu verstecken, um den Weihnachtsmann bei seiner Heringskopfmahlzeit zu belauschen. Ganz wohl war mir nicht dabei. Mein Herz pochte in den Ohren. Lange zu warten brauchte ich indes nicht, denn aus der Lumpenkiste sprang – »Murr! Miau!« – unsere schwarzbunte Katze, die dort den Tag im warmen Lumpengewölle verschlief. Eine Erschütterung ging durch mein kleines Herz. Ich schwieg jedoch über meine Entdeckung und ließ meine Schwester fortan den Teller Mittagbrot allein auf den Boden schaffen.

Bis zum Frühling bewahrte ich mein Geheimnis, aber als in der Lumpenkiste im Mai, da vor der Haustür der Birnbaum blühte, vier Kätzchen umherkrabbelten, teilte ich meiner Mutter dieses häusliche Ereignis mit: »Mutter, Mutter, der Weihnachtsmann hat Junge!«

Morgen kommt der Weihnachtsmann

Morgen kommt der Weihnachtsmann,
kommt mit seinen Gaben:
Trommel, Pfeifen und Gewehr,
Fahn' und Säbel und noch mehr,
ja ein ganzes Kriegesheer
möcht ich gerne haben!

Bring uns, lieber Weihnachtsmann,
bring auch morgen, bringe:
Musketier und Grenadier,
Zottelbär und Panthertier,
Roß und Esel, Schaf und Stier,
lauter schöne Dinge!

Doch du weißt ja unsern Wunsch,
kennst ja unsre Herzen!

Kinder, Vater und Mama,
auch sogar der Großpapa,
alle, alle sind wir da,
warten dein mit Schmerzen.

Kurt Tucholsky
Weihnachten

Nikolaus der Gute
kommt mit einer Rute,
greift in seinen vollen Sack –
dir ein Päckchen – mir ein Pack.
Ruth Maria kriegt ein Buch
und ein Baumwolltaschentuch,
Noske einen Ehrensäbel
und ein Buch vom alten Bebel,
sozusagen zur Erheiterung,
zur Gelehrsamkeitserweiterung …
Marloh kriegt ein Kaiserbild
und nen blanken Ehrenschild.
Oberst Reinhard kriegt zum Hohn
die gesetzliche Pension …
Tante Lo, die, wie ihr wißt,
immer, immer müde ist,
kriegt von mir ein dickes Kissen. –
Und auch hinter die Kulissen
kommt der gute Weihnachtsmann:
Nimmt sich mancher Leute an,
schenkt da einen ganzen Sack
guten alten Kunstgeschmack.
Schenkt der Orska alle Rollen
Wedekinder, kesse Bollen –
(Hosenrollen mag sie nicht:
dabei sieht man nur Gesicht …).
Der kriegt eine Bauerntruhe,

Fräulein Hippel neue Schuhe,
jener hält die liebste Hand –
Und das Land? Und das Land?
Bitt ich dich, so sehr ich kann:
Schenk ihm Ruhe –
          lieber Weihnachtsmann!

Siegfried Lenz
Risiko für Weihnachtsmänner

Sie hatten schnellen Nebenverdienst versprochen, und ich ging hin in ihr Büro und stellte mich vor. Das Büro war in einer Kneipe, hinter einer beschlagenen Glasvitrine, in der kalte Frikadellen lagen, Heringsfilets mit grau angelaufenen Zwiebelringen, Drops und sanft leuchtende Gurken in Gläsern. Hier stand der Tisch, an dem Mulka saß, neben ihm eine magere, rauchende Sekretärin: alles war notdürftig eingerichtet in der Ecke, dem schnellen Nebenverdienst angemessen. Mulka hatte einen großen Stadtplan vor sich ausgebreitet, einen breiten Zimmermannsbleistift in der Hand, und ich sah, wie er Kreise in die Stadt hineinmalte, energische Rechtecke, die er nach hastiger Überlegung durchkreuzte: großzügige Generalstabsarbeit.

Mulkas Büro, das in einer Annonce schnellen Nebenverdienst versprochen hatte, vermittelte Weihnachtsmänner; überall in der Stadt, wo der Freudenbringer, der himmlische Onkel im roten Mantel fehlte, dirigierte er einen hin. Er lieferte den flockigen Bart, die rotgefrorene, mild grinsende Maske; Mantel stellte er, Stiefel und einen Kleinbus, mit dem die himmlischen Onkel in die Häuser gefahren wurden, in die ›Einsatzgebiete‹, wie Mulka sagte: die Freude war straff organisiert.

Die magere Sekretärin blickte mich an, blickte auf meine künstliche Nase, die sie mir nach der Verwundung angenäht hatten, und dann tippte sie meinen Namen, meine Adresse, während sie von einer kalten Frikadelle abbiß und nach jedem Bissen einen Zug von der Zigarette nahm. Müde schob sie den Zettel mit meinen Personalien Mulka hinüber, der brütend über dem Stadtplan saß, seiner ›Einsatzkarte‹, der breite Zimmermannsbleistift hob sich, kreiste über dem Plan und stieß plötzlich nieder. »Hier«, sagte Mulka, »hier kommst du zum Einsatz, in Hochfeld. Ein gutes Viertel, sehr gut sogar. Du meldest dich bei Köhnke.« »Und die Sachen?« sagte ich. »Uniform wirst du im Bus empfangen«, sagte er. »Im Bus kannst du dich auch fertigmachen. Und benimm dich wie ein Weihnachtsmann!«

Ich versprach es. Ich bekam einen Vorschuß, bestellte ein Bier und trank und wartete, bis Mulka mich aufrief; der Chauffeur nahm mich mit hinaus. Wir gingen durch den kalten Regen zum Kleinbus, kletterten in den Laderaum, wo bereits vier frierende Weihnachtsmänner saßen, und ich nahm die Sachen in Empfang, den Mantel, den flockigen Bart, die rotweiße Uniform der Freude. Das Zeug war noch nicht ausgekühlt, wohltuend war die Körperwärme älterer Weihnachtsmänner, meiner Vorgänger, zu spüren, die ihren Freudendienst schon hinter sich hatten; es fiel mir nicht schwer, die Sachen anzuziehen. Alles paßte, die Stiefel paßten, die Mütze, nur die Maske paßte nicht: zu scharf drückten die Pappkanten gegen meine künstliche Nase; schließlich nahmen wir eine offene Maske, die meine Nase nicht verbarg.

Der Chauffeur half mir bei allem, begutachtete mich, taxierte den Grad der Freude, der von mir ausging, und bevor er nach vorn ging ins Führerhaus, steckte er mir eine brennende Zigarette in den Mund: in wilder Fahrt brachte er mich raus nach Hochfeld, zum sehr guten Einsatzort. Unter einer Laterne stoppte der Kleinbus, die Tür wurde geöffnet, und der Chauffeur winkte mich heraus.

»Hier ist es«, sagte er, »Nummer vierzehn, bei Köhnke: mach sie froh. Und wenn du fertig bist damit, warte hier an der Straße; ich bring nur die andern Weihnachtsmänner weg, dann pick ich dich auf.«

»Gut«, sagte ich, »in einer halben Stunde etwa.«

Er schlug mir ermunternd auf die Schulter, ich zog die Maske zurecht, strich den roten Mantel glatt und ging durch einen Vorgarten auf das stille Haus zu, in dem schneller Nebenverdienst auf mich wartete. ›Köhnke‹, dachte ich, ›ja, er hieß Köhnke damals in Demjansk.‹

Zögernd drückte ich die Klingel, lauschte; ein kleiner Schritt erklang, eine fröhliche Verwarnung, dann wurde die Tür geöffnet, und eine schmale Frau mit Haarknoten und weißgemusterter Schürze stand vor mir. Ein glückliches Erschrecken lag für eine Sekunde auf ihrem Gesicht, knappes Leuchten, doch es verschwand sofort: ungeduldig zerrte sie mich am Ärmel hinein und deutete auf einen Sack, der in einer schrägen Kammer unter der Treppe stand.

»Rasch«, sagte sie, »ich darf nicht lange draußen sein. Sie müssen gleich hinter mir kommen. Die Pakete sind alle beschriftet, und Sie werden doch wohl hoffentlich lesen können.«

»Sicher«, sagte ich, »zur Not.«

»Und lassen Sie sich Zeit beim Verteilen der Sachen. Drohen Sie auch zwischendurch mal.«

»Wem«, fragte ich, »wem soll ich drohen?«

»Meinem Mann natürlich, wem sonst!«

»Wird ausgeführt«, sagte ich.

Ich schwang den Sack auf die Schulter, stapfte fest, mit schwerem freudebringendem Schritt die Treppe hinauf – der Schritt war im Preis einbegriffen. Vor der Tür, hinter der die Frau verschwunden war, hielt ich an, räusperte mich tief, stieß dunklen Waldeslaut aus, Laut der Verheißung, und nach heftigem Klopfen und nach ungestümem »Herein!«, das die Frau mir aus dem Zimmer zurief, trat ich ein.

Es waren keine Kinder da; der Baum brannte, zischend versprühten zwei Wunderkerzen, und vor dem Baum, unter den feuerspritzenden Kerzen, stand ein schwerer Mann in schwarzem Anzug, stand ruhig da mit ineinandergelegten Händen und blickte mich erleichtert und erwartungsvoll an: es war Köhnke, mein Oberst in Demjansk. Ich stellte den Sack auf den Boden, zögerte, sah mich ratlos um zu der schmalen Frau, und als sie näher kam, flüsterte ich: »Die Kinder? Wo sind die Kinder?«

»Wir haben keine Kinder«, antwortete sie leise, und unwillig: »Fangen Sie doch an.«

Immer noch zaudernd, öffnete ich den Sack, ratlos von ihr zu ihm blickend: die Frau nickte, er schaute mich lächelnd an, lächelnd und sonderbar erleichtert. Langsam tasteten meine Finger in den Sack hinein, bis sie die Schnur eines Pakets erwischten; das Paket war für ihn. »Ludwig!«, las ich laut. »Hier!« rief er glücklich, und er trug das Paket auf beiden Händen zu einem Tisch und packte einen Pyjama aus. Und nun zog ich nacheinander Pakete heraus, rief laut ihre Namen, rief einmal »Ludwig« und einmal »Hannah«, und sie nahmen glücklich die Geschenke in Empfang und packten sie aus. Heimlich gab mir die Frau ein Zeichen, ihm mit der Rute zu drohen; ich schwankte, die Frau wiederholte ihr Zeichen. Doch jetzt, als ich ansetzen wollte zur Drohung, jetzt drehte sich der Oberst zu mir um; respektvoll, mit vorgestreckten Händen kam er auf mich zu, mit zitternden Lippen. Wieder winkte mir die Frau, ihm zu drohen – wieder konnte ich es nicht.

»Es ist Ihnen gelungen«, sagte der Oberst plötzlich, »Sie haben sich durchgeschlagen. Ich hatte Angst, daß Sie es nicht schaffen würden.«

»Ich habe Ihr Haus gleich gefunden«, sagte ich.

»Sie haben eine gute Nase, mein Sohn.«

»Das ist ein Weihnachtsgeschenk, Herr Oberst. Damals bekam ich die Nase zu Weihnachten.«

»Ich freue mich, daß Sie uns erreicht haben.«

»Es war leicht, Herr Oberst; es ging sehr schnell.«

»Ich habe jedesmal Angst, daß Sie es nicht schaffen würden. Jedesmal –«

»Dazu besteht kein Grund«, sagte ich, »Weihnachtsmänner kommen immer ans Ziel.«

»Ja«, sagte er, »im allgemeinen kommen sie wohl ans Ziel. Aber jedesmal habe ich diese Angst, seit Demjansk damals.«

»Seit Demjansk«, sagte ich.

»Damals warteten wir im Gefechtsstand auf ihn. Sie hatten schon vom Stab telefoniert, daß er unterwegs war zu uns, doch es dauerte und dauerte. Es dauerte so lange, bis wir unruhig wurden und ich einen Mann losschickte, um den Weihnachtsmann zu uns zu bringen.«

»Der Mann kam nicht zurück«, sagte ich.

»Nein«, sagte er. »Auch der Mann blieb weg, obwohl sie nur Störfeuer schossen, sehr vereinzelt.«

»Wunderkerzen schossen sie, Herr Oberst.«

»Mein Sohn«, sagte er milde, »ach mein Sohn. Wir gingen raus und suchten sie im Schnee vor dem Wald. Und zuerst fanden wir den Mann. Er lebte noch.«

»Er lebt immer noch, Herr Oberst.«

»Und im Schnee vor dem Wald lag der Weihnachtsmann, mit einem Postsack und der Rute, und rührte sich nicht.«

»Ein toter Weihnachtsmann, Herr Oberst.«

»Er hatte noch seinen Bart um, er trug noch den roten Mantel und die gefütterten Stiefel. Er lag auf dem Gesicht. Nie, nie habe ich etwas gesehen, das so traurig war wie der tote Weihnachtsmann.«

»Es besteht immer ein Risiko«, sagte ich, »auch für den, der Freude verteilt, auch für Weihnachtsmänner besteht ein Risiko.«

»Mein Sohn«, sagte er, »für Weihnachtsmänner sollte es kein Risiko geben, nicht für sie. Weihnachtsmänner sollten außer Gefahr stehen.«

»Eine Gefahr läuft man immer«, sagte ich.

»Ja«, sagte er, »ich weiß es. Und darum denke ich immer, seit Demjansk damals, als ich den toten Weihnachtsmann vor dem Wald liegen sah – immer denke ich, daß er nicht durchkommen könnte zu mir. Es ist eine große Angst jedesmal, denn vieles habe ich gesehn, aber nichts war so schlimm wie der tote Weihnachtsmann.«

Der Oberst senkte den Kopf, angestrengt machte seine Frau mir Zeichen, ihm mit der Rute zu drohen: ich konnte es nicht. Ich konnte es nicht, obwohl ich fürchten mußte, daß sie sich bei Mulka über mich beschweren und daß Mulka mir etwas von meinem Verdienst abziehen könnte. Die muntere Ermahnung mit der Rute gelang mir nicht.

Leise ging ich zur Tür, den schlaffen Sack hinter mir herziehend; vorsichtig öffnete ich die Tür, als mich ein Blick des Obersten traf, ein glücklicher, besorgter Blick: »Vorsicht«, flüsterte er, »Vorsicht«, und ich nickte und trat hinaus. Ich wußte, daß seine Warnung aufrichtig war.

Unten wartete der Kleinbus auf mich; sechs frierende Weihnachtsmänner saßen im Laderaum, schweigsam und frierend, erschöpft vom Dienst an der Freude; während der Fahrt zum Hauptquartier sprach keiner ein Wort. Ich zog das Zeug aus und meldete mich bei Mulka hinter der beschlagenen Glasvitrine, er blickte nicht auf. Sein Bleistift kreiste über dem Stadtplan, wurde langsamer im Kreisen, schoß herab: »Hier«, sagte er, »hier ist ein neuer Einsatz für dich. Du kannst die Uniform gleich wieder anziehen.«

»Danke«, sagte ich, »vielen Dank.«

»Willst du nicht mehr? Willst du keine Freude mehr bringen?«

»Wem?« sagte ich. »Ich weiß nicht, zu wem ich jetzt komme. Zuerst muß ich einen Schnaps trinken. Das Risiko – das Risiko ist zu groß.«

Robert Gernhardt
Die Falle

Da Herr Lemm, der ein reicher Mann war, seinen beiden Kindern zum Christfest eine besondere Freude machen wollte, rief er Anfang Dezember beim Studentenwerk an und erkundigte sich, ob es stimme, daß die Organisation zum Weihnachtsfest Weihnachtsmänner vermittle. Ja, das habe seine Richtigkeit. Studenten stünden dafür bereit, 25 DM koste eine Bescherung, die Kostüme brächten die Studenten mit, die Geschenke müßte der Hausherr natürlich selbst stellen. »Versteht sich, versteht sich«, sagte Herr Lemm, gab die Adresse seiner Villa in Berlin-Dahlem an und bestellte einen Weihnachtsmann für den 24. Dezember um 18 Uhr. Seine Kinder seien noch klein, und da sei es nicht gut, sie allzulange auf die Bescherung warten zu lassen. Der bestellte Weihnachtsmann kam pünktlich. Er war ein Student mit schwarzem Vollbart, unter dem Arm trug er ein Paket.

»Wollen Sie so auftreten?« fragte Herr Lemm.

»Nein«, antwortete der Student, »da kommt natürlich noch ein weißer Bart darüber. Kann ich mich hier irgendwo umziehen?«

Er wurde in die Küche geschickt. »Da stehen aber leckere Sachen«, sagte er und deutete auf die kalten Platten, die auf dem Küchentisch standen. »Nach der Bescherung, wenn die Kinder im Bett sind, wollen noch Geschäftsfreunde meines Mannes vorbeischauen«, erwiderte die Hausfrau. »Daher eilt es etwas. Könnten Sie bald anfangen?«

Der Student war schnell umgezogen. Er hatte jetzt einen

roten Mantel mit roter Kapuze an und band sich einen weißen Bart um. »Und nun zu den Geschenken«, sagte Herr Lemm. »Diese Sachen sind für den Jungen, Thomas«, er zeigte auf ein kleines Fahrrad und andere Spielsachen – »und das bekommt Petra, das Mädchen, ich meine die Puppe und die Sachen da drüben. Die Namen stehen jeweils drauf, da wird wohl nichts schiefgehen. Und hier ist noch ein Zettel, auf dem ein paar Unarten der Kinder notiert sind, reden Sie ihnen mal ins Gewissen, aber verängstigen Sie sie nicht, vielleicht genügt es, etwas mit der Rute zu drohen. Und versuchen Sie, die Sache möglichst rasch zu machen, weil wir noch Besuch erwarten.«

Der Weihnachtsmann nickte und packte die Geschenke in den Sack. »Rufen Sie die Kinder schon ins Weihnachtszimmer, ich komme gleich nach. Und noch eine Frage. Gibt es hier ein Telefon? Ich muß jemanden anrufen.«

»Auf der Diele rechts.«

»Danke.«

Nach einigen Minuten war dann alles soweit. Mit dem Sack über dem Rücken ging der Student auf die angelehnte Tür des Weihnachtszimmers zu. Einen Moment blieb er stehen. Er hörte die Stimme von Herrn Lemm, der gerade sagte: »Wißt ihr, wer jetzt gleich kommen wird? Ja, Petra, der Weihnachtsmann, von dem wir euch schon so viel erzählt haben. Benehmt euch schön brav ...«

Fröhlich öffnete er die Tür. Blinzelnd blieb er stehen. Er sah den brennenden Baum, die erwartungsvollen Kinder, die feierlichen Eltern. Es hatte geklappt, jetzt fiel die Falle zu. »Guten Tag, liebe Kinder«, sagte er mit tiefer Stimme. »Ihr seid also Thomas und Petra. Und ihr wißt sicher, wer ich bin, oder?«

»Der Weihnachtsmann«, sagte Thomas etwas ängstlich.

»Richtig. Und ich komme zu euch, weil heute Weihnachten ist. Doch bevor ich nachschaue, was ich alles in meinem Sack habe, wollen wir erst einmal ein Lied singen. Kennt ihr ›Stille Nacht, heilige Nacht‹? Ja? Also!«

Er begann mit lauter Stimme zu singen, doch mitten im Lied brach er ab. »Aber, aber, die Eltern singen ja nicht mit! Jetzt fangen wir alle noch mal von vorne an. Oder haben wir den Text etwa nicht gelernt? Wie geht denn das Lied, Herr Lemm?«

Herr Lemm blickte den Weihnachtsmann befremdet an. »Stille Nacht, heilige Nacht, alles schläft, einer wacht ...«

Der Weihnachtsmann klopfte mit der Rute auf den Tisch: »Einsam wacht! Weiter! Nur das traute ...«

»Nur das traute, hochheilige Paar«, sagte Frau Lemm betreten, und leise fügte sie hinzu: »Holder Knabe im lockigen Haar.«

»Vorsagen gilt nicht«, sagte der Weihnachtsmann barsch und hob die Rute. »Wie geht es weiter?«

»Holder Knabe im lockigen ...«

»Im lockigen Was?«

»Ich weiß es nicht«, sagte Herr Lemm. »Aber was soll denn diese Fragerei? Sie sind hier, um ...«

Seine Frau stieß ihn in die Seite, und als er die erstaunten Blicke seiner Kinder sah, verstummte Herr Lemm.

»Holder Knabe im lockigen Haar«, sagte der Weihnachtsmann, »schlaf in himmlischer Ruh, schlaf in himmlischer Ruh. Das nächste Mal lernen wir das besser. Und jetzt singen wir noch einmal miteinander: ›Stille Nacht, heilige Nacht‹.«

»Gut, Kinder«, sagte er dann. »Eure Eltern können sich

ein Beispiel an euch nehmen. So, jetzt geht es an die Bescherung. Wir wollen doch mal sehen, was wir hier im Sack haben. Aber Moment, hier liegt ja noch ein Zettel!« Er griff nach dem Zettel und las ihn durch.

»Stimmt das, Thomas, daß du in der Schule oft ungehorsam bist und den Lehrern widersprichst?«

»Ja«, sagte Thomas kleinlaut.

»So ist es richtig«, sagte der Weihnachtsmann. »Nur dumme Kinder glauben alles, was ihnen die Lehrer erzählen. Brav, Thomas.«

Herr Lemm sah den Studenten beunruhigt an.

»Aber ...«, begann er. »Sei doch still«, sagte seine Frau.

»Wollten Sie etwas sagen?« fragte der Weihnachtsmann Herrn Lemm mit tiefer Stimme und strich sich über den Bart.

»Nein.«

»Nein, lieber Weihnachtsmann, heißt das immer noch. Aber jetzt kommen wir zu dir, Petra. Du sollst manchmal bei Tisch reden, wenn du nicht gefragt wirst, ist das wahr?« Petra nickte.

»Gut so«, sagte der Weihnachtsmann. »Wer immer nur redet, wenn er gefragt wird, bringt es in diesem Leben zu nichts. Und da ihr so brave Kinder seid, sollt ihr nun auch belohnt werden. Aber bevor ich in den Sack greife, hätte ich gerne etwas zu trinken.« Er blickte die Eltern an.

»Wasser?« fragte Frau Lemm.

»Nein, Whisky. Ich habe in der Küche eine Flasche ›Chivas Regal‹ gesehen. Wenn Sie mir davon etwas einschenken würden? Ohne Wasser, bitte, aber mit etwas Eis.«

»Mein Herr!« sagte Herr Lemm, aber seine Frau war schon aus dem Zimmer. Sie kam mit einem Glas zurück, das sie dem Weihnachtsmann anbot. Er leerte es und schwieg.

»Merkt euch eins, Kinder«, sagte er dann. »Nicht alles, was teuer ist, ist auch gut. Dieser Whisky kostet etwa 50 DM pro Flasche. Davon müssen manche Leute einige Tage leben, und eure Eltern trinken das einfach 'runter. Ein Trost bleibt: der Whisky schmeckt nicht besonders.«

Herr Lemm wollte etwas sagen, doch als der Weihnachtsmann die Rute hob, ließ er es.

»So, jetzt geht es an die Bescherung.«

Der Weihnachtsmann packte die Sachen aus und überreichte sie den Kindern. Er machte dabei kleine Scherze, doch es gab keine Zwischenfälle, Herr Lemm atmete leichter, die Kinder schauten respektvoll zum Weihnachtsmann auf, bedankten sich für jedes Geschenk und lachten, wenn er einen Scherz machte. Sie mochten ihn offensichtlich.

»Und hier habe ich noch etwas Schönes für dich, Thomas«, sagte der Weihnachtsmann. »Ein Fahrrad. Steig mal drauf.«

Thomas strampelte, der Weihnachtsmann hielt ihn fest, gemeinsam drehten sie einige Runden im Zimmer.

»So, jetzt bedankt euch mal beim Weihnachtsmann!« rief Herr Lemm den Kindern zu. »Er muß nämlich noch viele, viele Kinder besuchen, deswegen will er jetzt leider gehen.«

Thomas schaute den Weihnachtsmann enttäuscht an, da klingelte es. »Sind das schon die Gäste?« fragte die Hausfrau. »Wahrscheinlich«, sagte Herr Lemm und sah den Weihnachtsmann eindringlich an. »Öffne doch.« – Die Frau tat das, und ein Mann mit roter Kapuze und rotem Mantel, über den ein langer weißer Bart wallte, trat ein.

»Ich bin Knecht Ruprecht«, sagte er mit tiefer Stimme.

Währenddessen hatte Herr Lemm im Weihnachtszimmer noch einmal behauptet, daß der Weihnachtsmann jetzt leider gehen müsse. »Nun bedankt euch mal schön, Kinder«, rief er, als Knecht Ruprecht das Zimmer betrat. Hinter ihm kam Frau Lemm und schaute ihren Mann achselzuckend an.

»Da ist ja mein Freund Knecht Ruprecht«, sagte der Weihnachtsmann fröhlich.

»So ist es«, erwiderte dieser. »Da drauß' vom Walde komm ich her, ich muß euch sagen, es weihnachtet sehr. Und jetzt hätte ich gerne etwas zu essen.«

»Wundert euch nicht«, sagte der Weihnachtsmann zu den Kindern gewandt. »Ein Weihnachtsmann allein könnte nie all die Kinder bescheren, die es auf der Welt gibt. Deswegen habe ich Freunde, die mir dabei helfen: Knecht Ruprecht, den heiligen Nikolaus und noch viele andere ...«

Es klingelte wieder. Die Hausfrau blickte Herrn Lemm an, der so verwirrt war, daß er mit dem Kopf nickte; sie ging zur Tür und öffnete.

Vor der Tür stand ein dritter Weihnachtsmann, der ohne Zögern eintrat. »Puh«, sagte er. »Diese Kälte! Hier ist es beinahe so kalt wie am Nordpol, wo ich zu Hause bin!«

Mit diesen Worten betrat er das Weihnachtszimmer. »Ich bin Sankt Nikolaus«, fügte er hinzu, »und freue mich immer, wenn ich brave Kinder sehe. Das sind sie doch – oder?«

»Sie sind sehr brav«, sagte der Weihnachtsmann. »Nur die Eltern gehorchen nicht immer, denn sonst hätten sie schon längst eine von den kalten Platten und etwas zu trinken gebracht.«

»Verschwinden Sie!« flüsterte Herr Lemm in das Ohr des Studenten.

»Sagen Sie das doch so laut, daß Ihre Kinder es auch hören können«, antwortete der Weihnachtsmann.

»Ihr gehört jetzt ins Bett«, sagte Herr Lemm.

»Nein«, brüllten die Kinder und klammerten sich an den Mantel des Weihnachtsmannes. – »Hunger«, sagte Sankt Nikolaus.

Die Frau holte ein Tablett. Die Weihnachtsmänner begannen zu essen. »In der Küche steht Whisky«, sagte der erste, und als Frau Lemm sich nicht rührte, machte sich Knecht Ruprecht auf den Weg. Herr Lemm lief hinter ihm her. In der Diele stellte er den Knecht Ruprecht, der mit einer Flasche und einigen Gläsern das Weihnachtszimmer betreten wollte.

»Lassen Sie die Hände vom Whisky!«

»Thomas!« rief Knecht Ruprecht laut, und schon kam der Junge auf seinem Fahrrad angestrampelt. Erwartungsvoll blickte er Vater und Weihnachtsmann an.

»Mein Gott, mein Gott«, sagte Herr Lemm, doch er ließ Knecht Ruprecht vorbei.

»Tu was dagegen«, sagte seine Frau. »Das ist ja furchtbar. Tu was!«

»Was soll ich tun?« fragte er, da klingelte es.

»Das werden die Gäste sein!«

»Und wenn sie es nicht sind?«

»Dann hole ich die Polizei!«

Herr Lemm öffnete. Ein junger Mann trat ein. Auch er hatte einen Wattebart im Gesicht, trug jedoch keinen roten Mantel, sondern einen weißen Umhang, an dem er zwei Flügel aus Pappe befestigt hatte.

Der Weihnachtsmann, der auf die Diele getreten war, als er das Klingeln gehört hatte, schwieg wie die anderen. Hinter ihm schauten die Kinder, Knecht Ruprecht und Sankt Nikolaus auf den Gast.

»Grüß Gott, lieber ...«, sagte Knecht Ruprecht schließlich.

»Lieber Engel Gabriel«, ergänzte der Bärtige verlegen. »Ich komme, um hier nachzuschauen, ob auch alle Kinder artig sind. Ich bin nämlich einer von den Engeln auf dem Felde, die den Hirten damals die Geburt des Jesuskindes angekündigt haben. Ihr kennt doch die Geschichte, oder?«

Die Kinder nickten, und der Engel ging etwas befangen ins Weihnachtszimmer. Zwei Weihnachtsmänner folgten ihm, den dritten, es war jener, der als erster gekommen war, hielt Herr Lemm fest. »Was soll denn der Unfug?« fragte er mit einer Stimme, die etwas zitterte. Der Weihnachtsmann zuckte mit den Schultern. »Ich begreif es auch nicht, warum er so antanzt. Ich habe ihm ausdrücklich gesagt, er solle als Weihnachtsmann kommen, aber wahrscheinlich konnte er keinen roten Mantel auftreiben.«

»Sie werden jetzt alle schleunigst hier verschwinden«, sagte Herr Lemm.

»Schmeißen Sie uns doch 'raus«, erwiderte der Weihnachtsmann und zeigte ins Weihnachtszimmer.

Dort saß der Engel, aß Schnittchen und erzählte Thomas davon, wie es im Himmel aussah. Die Weihnachtsmänner tranken und brachten Petra ein Lied bei, das mit den Worten begann: »Nun danket alle Gott, die Schule ist bankrott.«

»Wieviel verlangen Sie?« fragte Herr Lemm.

»Wofür?«

»Für Ihr Verschwinden. Ich erwarte bald Gäste, das wissen Sie doch.«

»Ja, das könnte peinlich werden, wenn Ihre Gäste hier hereinplatzen würden. Was ist Ihnen denn die Sache wert?«

»Hundert Mark«, sagte der Hausherr. Der Weihnachtsmann lachte und ging ins Zimmer. »Holt mal eure Eltern«, sagte er zu Petra und Thomas. »Engel Gabriel will uns noch die Weihnachtsgeschichte erzählen.«

Die Kinder liefen auf die Diele. »Kommt«, schrien sie, »Engel Gabriel will uns was erzählen.« Herr Lemm sah seine Frau an. »Halt mir die Kinder etwas vom Leibe«, flüsterte er, »ich rufe jetzt die Polizei an!« – »Tu es nicht«, bat sie, »denk doch daran, was in den Kindern vorgehen muß, wenn Polizisten ...« – »Das ist mir jetzt völlig egal«, unterbrach Herr Lemm. »Ich tu's.« – »Kommt doch«, riefen die Kinder. Herr Lemm hob den Hörer ab und wählte. Die Kinder kamen neugierig näher. »Hier Lemm«, flüsterte er. »Lemm, Berlin-Dahlem. Bitte schicken Sie ein Überfallkommando.« – »Sprechen Sie bitte lauter«, sagte der Polizeibeamte. »Ich kann nicht lauter sprechen, wegen der Kinder. Hier, bei mir zu Haus, sind drei Weihnachtsmänner und ein Engel, und die gehen nicht weg ...«

Frau Lemm hatte versucht, die Kinder wegzuscheuchen, es war ihr nicht gelungen. Petra und Thomas standen neben ihrem Vater und schauten ihn an. Herr Lemm verstummte.

»Was ist mit den Weihnachtsmännern?« fragte der Beamte, doch Herr Lemm schwieg weiter.

»Fröhliche Weihnachten«, sagte der Beamte und hängte auf.

Da erst wurde Herrn Lemm klar, wie verzweifelt seine Lage war.

»Komm, Pappi«, riefen die Kinder, »Engel Gabriel will anfangen.« Sie zogen ihn ins Weihnachtszimmer.

»Zweihundertfünfzig«, sagte er leise zum Weihnachtsmann, der auf der Couch saß.

»Pst«, antwortete der und zeigte auf den Engel, der »Es begab sich aber zu der Zeit« sagte und langsam fortfuhr. »Dreihundert.« Als der Engel begann, den Kindern zu erklären, was der Satz »Und die war schwanger« bedeute, sagte Herr Lemm »Vierhundert«, und der Weihnachtsmann nickte.

»Jetzt müssen wir leider gehen, liebe Kinder«, sagte er. »Seid hübsch brav, widersprecht euren Lehrern, wo es geht, haltet die Augen offen und redet, ohne gefragt zu werden. Versprecht ihr mir das?«

Die Kinder versprachen es, und nacheinander verließen der Weihnachtsmann, Knecht Ruprecht, Sankt Nikolaus und der Engel Gabriel das Haus. »Ich fand es nicht richtig, daß du Geld genommen hast«, sagte Knecht Ruprecht auf der Straße. »Das war nicht geplant.«

»Leute, die sich Weihnachtsmänner mieten, sollen auch dafür zahlen«, meinte Engel Gabriel.

»Aber nicht so viel.«

»Wieso nicht? Alles wird heutzutage teurer, auch das Bescheren.«

»Expropriation der Expropriateure«, sagte der Weihnachtsmann.

»Richtig«, sagte Sankt Nikolaus. »Wo steht geschrieben, daß der Weihnachtsmann immer nur etwas bringt? Manchmal holt er auch was.«

»In einer Gesellschaft, deren Losung ›Hastuwasbistuwas‹ heißt, kann auch der Weihnachtsmann nicht sauber bleiben«, sagte Engel Gabriel. »Es ist kalt«, sagte der Weihnachtsmann.

»Vielleicht sollten wir das Geld einem wohltätigen Zweck zur Verfügung stellen«, schlug Knecht Ruprecht vor.

»Erst einmal sollten wir eine Kneipe finden, die noch auf hat«, sagte der Weihnachtsmann. Sie fanden eine, nahmen ihre Bärte ab, setzten sich und spendierten eine Lokalrunde, bevor sie weiter beratschlagten.

Hubert Fichte
Frohe Festtage

Wenn die Weihnachtsmänner –
wie Weihnachten
die Hausfrauen sagen –
umgepreßte Osterhasen
sind;
dann sind
Ostern
die Osterhasen
umgepreßte
Weihnachtsmännerosterhasen
und in Wirklichkeit
Weihnachten
die Weihnachtsmänner-
osterhasen-
weihnachtsmänner
umgepreßte Osterhasen-
weihnachtsmännerոster-
hasenweihnachtsmänner.
O weh!
Der Osterhase hat
einen Weihnachtsmann
in den Ohren;
dem Weihnachtsmann wird
das Fell über den Sack gezogen.

Alle Jahre wieder

Alle Jahre wieder kommt das Christuskind
auf die Erde nieder, wo wir Menschen sind.

Kehrt mit seinem Segen ein in jedes Haus,
geht auf allen Wegen mit uns ein und aus.

Steht auch mir zur Seite still und unerkannt,
daß es treu mich leite an der lieben Hand.

Karl Krolow
Eine Weihnachtserinnerung, die ich nicht vergaß

Denke ich an Weihnachten in den Jahren meiner Kindheit, so verbinde ich solche Erinnerung mit der Erinnerung an Landschaft. Fast immer haben Augenblicke in mich umgebender niederdeutscher Landschaft die Weihnachtszeit mit beeinflußt. Meine Eltern, besonders mein Vater, erzogen mich früh zu derartigem natürlichen Verhältnis in meiner keineswegs ländlichen Umwelt, denn ich wuchs am Rande einer Großstadt auf. Das unregelmäßige und eigentlich unschöne Terrain, das begann, wo die letzten Neubauten aufhörten und sich saure Wiesen hinzogen, Gärtnereien und die Anwesen einiger Gemüsebauern, Schrebergärtensiedlungen, ehe das erste Waldstück sichtbar wurde, ehe der wichtige Wald meiner jungen Jahre, der hannoversche Stadtwald, die Eilenriede, begann. Diese Eilenriede, die sich halbkreisförmig um die Stadt zog, war damals noch ein richtiger Forst oder gab mir doch als Buben diese Illusion, wenn man vom Felde her auf sie zukam. Dann war das Wald-Massiv, die Mischwald-Fläche – besonders bei unsichtigem Wetter – etwas mich mächtig Anziehendes, eine dunkle Wildnis.

Ich kannte den Wald zu jeder Jahreszeit. Im Grunde war die Entfernung zwischen meinem Elternhaus und ihm gering, vielleicht zwanzig Minuten weit, und nur die dazwischen liegenden, verstreuten Gehöfte, das von Geometern bereits abgemessene Gebiet zwischen ausfallender und dann jäh im Feldstück endender städtischer Straße, zwischen dem Ende der Wohnstraße und dem eigentlichen Wiesengrün und Ackerbraun, unterbrach die Vorstellung, daß der Wald eigentlich recht schnell erreichbar sein müsse. Das beiläufige und durch die Witterung so oft trist verhängte Übergangsgebiet, in dem ich mich bewegte und in dem ich mich rasch auskannte als einem idealen Spielgelände, machte den großen Flächenwald dann für mich um so begehrenswerter, in dessen Randbezirken wir Kinder unsere persönlichen Verstecke anlegten, die wir nie verrieten und schon gar nicht mit jemandem teilen würden. Zufluchten im dichten, grünen Unterholz, in das wir uns mit unserer Phantasie zurückzogen.

Im Eilenriedewald floß in seinem Südteil, entlang der nach Hildesheim führenden Bahnlinie, ein Rinnsal, ein verkrauteter Wassergraben, der an einer bestimmten Stelle seines Verlaufes unter einer Waldchaussee weitergeführt wurde. Der massiv gemauerte Eingang zu dieser Unterführung, bogenartig angelegt, glich dem Eingang zu einer Art Wald-Unterwelt, zu einem grünen, dichten Hades. Wie hier das träge Wasser verschwand, um erst sehr viel später an einer von hier aus nicht einzusehenden Stelle wieder ans Licht zu treten, das war für uns Kinder immer mit einem Gefühl der Ungewißheit, des Bangens, der Beklemmung und der Neugier betrachtet worden. Im Winter fror die winzige Wasserfläche vor der Unterführung schnell zu. Man konnte auf ihr dann ein paar Schritte tun, wagte sich allerdings niemals fort ins Dunkle der unterirdischen Weiterführung.

Ich muß noch ein sehr kleiner Junge gewesen sein, als mir mein Vater in der Vorweihnachtszeit, als wir wieder einmal gemeinsam diesen Ort passierten, vom Eingang zur unterirdischen Grabenweiterführung als vom Eingang zur Höhle des Knechtes Ruprecht zu erzählen begann, sicherlich ganz beiläufig, wie es seine Art war und wie man einem Buben meines damaligen Alters vielleicht Landschaft spannend, abenteuerlich machen kann. Ruprechts Bereich, das mir der Vater als ein Schatzversteck mit allen den Gaben, die er zu Weihnachten dann den Kindern unter den Christbaum legen würde, zu schildern verstanden hatte, ließ mich zunächst vermutlich nichts als nachdenklich werden. Dieser Höhleneingang – gerade an solcher Stelle – schien mir unbedingt glaubwürdig. Man mußte sich hier unterirdisch wunderbar verstecken können, um dann im tiefen Höhleninneren ein ganzes Schatzlager anzulegen. Auf dieses Lager aber hatte ich es abgesehen. Die Vorstellung von den verborgenen Sachen ließ mich ganz offenbar nicht los. Weihnachten, das in jedem Jahr ungeduldig erwartete Fest, rückte näher mit dem unberechenbaren Dezember, unberechenbar mit dem Auf und Ab der niederdeutschen Witterung, die zwischen nassem, flüchtigem Schnee und Nebel- oder Regenwetter schwankte, bei ständig gehendem Wind, der aus der Ebene fegte und nirgends Widerstand fand.

Plötzlich gab es einen frühen Wintereinfall mit Frost und lange niedergehendem Schnee, einige Tage vor dem Fest. Die Schnee-Einsamkeit des Eilenriedewaldes, durch die mich mein Vater nun mit dem Schlitten zog, war überwältigend. Ein richtiger Märchenwald war entstanden, in dem der Schnee von den Ästen in die Augen staubte, nachdem es sich endlich ausgeschneit hatte und alles in seiner weißen Pracht dalag. Wir kamen sicherlich auch an jenen Waldfleck, wo Ruprechts Höhle lag. Ich erinnere mich dessen nicht mehr genau. Genau dagegen weiß ich, daß es für mich – ausgerechnet am Vormittag des Heiligen Abends – kein Halten mehr gab. Meine Erwartungen waren wie meine Ungeduld auf das höchste gespannt. Ich hatte Ruprechts Höhle nicht vergessen können, die jetzt sicherlich, mit dem vereisten Wasserloch davor, halb zugeschneit war, die vor allem auch für ein gewöhnliches Menschenkind, für mich, erreichbar, passierbar sein mußte, nachdem das Grabenwasser wohl bis auf den Grund gefroren war. Auf einmal war ich auf dem Wege zu Ruprechts Reich, mit dem Schlitten, den ich hinter mir her zog, in einem günstigen Augenblick Haus, Straße und Spielgefährten verlassend. Die Neugier, das Abenteuer, meine Phantasie hatten mich überwältigt. An diesem kalten Wintervormittag, der schon fast Mittag war, war ich unversehens unterwegs, allein, wie es sich gehört, denn ich wollte das Geheimnis für mich allein haben. Ich wollte niemanden dabei haben, bei meiner Entdeckung. Ich war unerschrocken genug, nach alldem, was ich mir erhoffte, um das Wagnis allein auf mich zu nehmen. Ich weiß die Einzelheiten dieses Hinweges, des Hingezogenwerdens nicht mehr. Auf einmal fand ich mich jedenfalls an jener Waldstelle mit vereistem Krautgraben und an dieser Stelle merkwürdig dünner Schneedecke.

Hier angekommen, muß sich bei mir einiges verändert haben. Das Zeitgefühl muß ausgesetzt haben. Habe ich gezögert? – Habe ich – mit dem im Gebüsch schließlich abgestellten Schlitten – den Höhleneingang, nun doch vielleicht furchtsam geworden, immer langsamer und doch zugleich immer geduldiger, erwartungsvoller umkreist und eingekreist? Bin ich dabei allmählich ermüdet, ohne es zunächst zu merken, ohne es danach wahrhaben zu wollen?

Meine Eltern haben mir später zuweilen erzählt, wie der Heilige Abend oder doch die Stunden vor diesem Abend verliefen: in quälender Unruhe, in Sorge um meinen Verbleib. Mein Verschwinden war bald bemerkt worden. Und als ich noch nicht heimgekommen war, als mein Vater vom Dienst und einem anschließenden Zusammensein mit Kollegen nach Hause zurückkehrte, war die Aufregung groß. Etwas mußte geschehen. Die Zeit verstrich. Niemand wußte genau, wie lange ich fort war, weil ich – wie gesagt – mich unbeobachtet fortgestohlen hatte. Die Eltern überlegten ratlos, wohin ich mich gewendet haben könnte. Sie fragten die Spielkameraden aus. Niemand konnte Auskunft geben. Ich hatte niemanden eingeweiht, weil ich niemanden hatte bei mir haben wollen. Ich wollte allein das Abenteuer meiner Erwartungen, meiner kindlichen Weihnachtsneugier bestehen und hatte es inzwischen bekommen: Abenteuer des Alleinseins im eiskalten, einsamen Winterwald, bei allmählich, dann immer rascher sinkendem Tageslicht.

Was von diesen Heiligabend-Stunden im verschneiten Wald vor der Weihnachts-Höhle des Knecht Ruprecht sich in meinem Gedächtnis erhalten hat, sind verwischte Kleinigkeiten: die Erinnerung an eine knisternde Schneestille, an vom Wind seufzendes Geäst, an eine kalte, von mir, meinen Gliedern, meinem Körpergefühl langsam Besitz ergreifende Einsamkeit, ein Abgeschnittensein, ein Leben in einem Zwischenbereich, mit aufkommender, dann wieder niedergekämpfter Angst, von Isolation und Fortsein von allem, von Mutlosigkeit, von einer merkwürdigen Verlorenheit und einem ebenso merkwürdigen Entzücken, während es um mich zu dämmern begann. Ich blieb gebannt. Ich konnte den verlorenen Waldort nicht aufgeben. Ich war unschlüssig. Ich wußte nicht weiter, vermutlich. Ich hatte das Wagnis nicht bestanden, war nicht in die Höhle eingedrungen, sondern hatte sie immer nur angestarrt, hatte vor ihr und ihrem Dunkel haltgemacht und hatte vergessen, was vorher war und was nachher kam.

Auf einmal sah ich mich in meiner Verlassenheit meinem Vater gegenüber. Er hatte sich mit einem Freund auf die Suche gemacht, hatte sich daran erinnert, was er mir von Knecht Ruprechts Versteck verheißen hatte, und hatte dann schnell geahnt, daß ich nur in oder vor ihm aufzufinden sein müßte. Die beiden jungen Männer waren verlegen und froh, als sie mich sahen. Mein Vater hatte mich richtig eingeschätzt. Er hatte nicht die Polizei verständigen müssen. Und nun mußte er mich aus einem Traum hochreißen, den ich nur halb und ganz unvollkommen zu träumen begonnen hatte, an diesem Tage, den man den Heiligen Abend nennt: ein Traum, auf den ich später nicht habe zurückkommen brauchen. Ein Traum, auf den man niemals zurückkommen wird, weil er nicht wiederholbar ist.

Cécile Ines Loos
Der Weihnachtsengel

Als ich vier Jahre alt war, sah ich ihn zum ersten Mal. Er saß auf einem grünen Samtfauteuil im Salon. Vor mir türmte sich eine Masse von weißen Schleiern auf, in der ich nach und nach zwei Hände entdeckte, ein wenig knochig zwar und rötlich, und die eine trug einen Verlobungsring. Aus der ungeheuren Fülle dunkler und künstlich frisierter Locken schaute ein Gesicht hervor wie aus einem Wald. Auch dieses war rötlich in der Färbung, mit einer gewissen auffallenden Schräge in den Wangen, einer Hakennase und munteren Kugelaugen. Indessen ist es meist nicht so wichtig, wie die Sache aussieht, sondern nur, was sie vorstellt. Hätte man mir gesagt, das Fräulein sei verlobt mit Herrn Soundso, ich hätte das ohne weiteres geglaubt, aber nun war das der Weihnachtsengel oder das sogenannte Christkind. Schließlich aber ist man auch nicht umsonst ein Kind unter Erwachsenen, und ich fühlte deutlich meine Pflicht, diesen Engel sofort und spontan jubelnd als solchen zu verkünden. Statt dessen sagte ich etwas kleinlaut und gegen meine Vernunft »ist das nicht das Fräulein Soundso?«

»Aber Kind, aber Kind«, sagten die Erwachsenen mit sanftem Vorwurf, gleich im Chor. »Denke doch auch!« – Innerlich blieb ich zwar sicher, daß dies niemals ein Engel, sondern eben das Fräulein Soundso war. Hätte nicht ein richtiger Engel mich auf diese verfängliche Frage hin mit gebogenem Zeigefinger an sein Herz gerufen und gesagt: »Fürchte dich nicht, mein Kind, ich bin der Engel Gabriel!«

Und wieso wäre dieser Engel ausgerechnet in meiner Abwesenheit in unsern Salon geflogen, und weshalb mußte Anna, die an der Türe stand, so furchtbar lachen, als ich den Satz mit dem Fräulein hervorbrachte? – Das hätte ich wissen können. Aber wie gesagt, ich war noch zu jung, um tödlich sicher zu sein in meiner Wahrnehmung. Und so wollte ich wenigstens den Abgang des Engels kontrollieren, dessen Ankunft sich mir so geheimnisvoll verborgen hatte. Im positiven Fall, daß es sich doch um einen Engel handelte, war ich bereit, die unglückliche Verknüpfung mit dem Fräulein Soundso sofort zu revidieren. Ich fühlte deutlich, daß ich eine Bresche in den guten Glauben an die sichere Welt eines Kindes in diesen Kreis der Erwachsenen geschlagen hatte.

»Sag jetzt schön dein Verschen auf«, mahnte die Stimme der Großmutter, »und vor allem: Tritt nicht so nah an den Engel heran, das sind himmlische Wesen!« Mein Verstand war noch klein und nur ungefähr so breit wie eine Nadelspitze. Ich hatte einige Mühe, meine Argumente in Schach zu halten, während ich voller Gottvertrauen und fehlerfrei mein Verschen hersagte. Ich glaube sogar, es ging jenen Theologen nicht unähnlich, als sie sich eines Tages darum stritten, wie viele Engel auf einer Nadelspitze Platz hätten. In meinem Fall waren es mindestens dreitausend, wenn ich sie hätte ausbreiten dürfen.

Aber der Engel auf dem grünen Samtfauteuil? Weshalb glaubte ich nicht an den falschen Engel?

Weil ich unbedingt an den richtigen Engel glaubte. Aber war der nicht dennoch da? Und zwar trotz des Fräuleins Soundso? Der richtige und der wahre Weihnachtsengel, der zu allen Kindern kommt? In die tiefe Stille von zwölf

Menschen, samt dem Christkind und mir, sagte ich feierlich mein Verschen auf: »Ich bin noch klein, mein Herz ist rein …«

Und es war doch der wahre Engel, der mich ansah. Von den Kerzen tropfte das Wachs, und die Lampen im Zimmer sind verlöscht. Ein Zweiglein knistert, im Dunkeln leuchten rote Kugeln. Ein goldenes Reh an einem silbernen Häklein schaukelt leise hin und her, als käme es durch den Tann geschritten. Hinter dem Reh folgt ein kostbarer Schlitten und darin sitzt das Weihnachtskind. Rechts und links von seinem Weg stehen Engel Spalier und tragen gelbe Kerzen in den Händen. Das ganze Zimmer ist lauter Duft und Glanz. Meine Mutter singt am Klavier: »Stille Nacht, heilige Nacht«, und wir singen mit. Leise und ungesehen ist der Weihnachtsengel aus dem Salon verschwunden. Ich habe ganz vergessen, seinen Abgang zu kontrollieren …

Dann gab es auch in der Kirche ein Weihnachtsfest. Nun ging ich bereits zur Schule und von einem Betrug war keine Rede mehr. Schulkinder wissen, was Weihnachtsengel sind und Osterhasen. Eine Dame der Bekanntschaft hatte mich mitgenommen. Wir saßen zusammen auf der Empore. Geschenke wurden ausgeteilt an irgendeine Schulklasse. Das Christkind würde persönlich erscheinen. Ein riesiger Tannenbaum stand kerzengeschmückt im Chor. Draußen wurde es Nacht und plötzlich kam der Engel herein. Ein Herr im Frack gab ihm den Arm und ich glaube, es war der Turnlehrer. Mit Schwung steuerte er das Christkind an seinen Platz unter dem Baum. Mein Bewußtsein war nun doch nicht mehr nur so breit wie eine Nadelspitze. Ich konnte schon etliches vertragen. Vielmehr war das Terrain meines Denkens schon eher eine Plattform, wie etwa der Bahnhof meiner Heimatstadt. Auf diesen Perrons wälzte ich meine Argumente wuchtig hin und her wie eine Kegelkugel. Ich trug nun weißwollene Strümpfe wie andere Schulkinder, und sie reichten bis ans Knie. Dort blieb ein Stück Haut leer und unbedeckt. Ich saß neben der Dame und pflanzte meine Hände solid auf meine nackten Knie: Fleisch von meinem Fleisch und Blut von meinem Blut. Auf Meinungen von Damen gab ich nichts mehr. Wieso hatte es der Weihnachtsengel nötig, sich von einem Herrn im Frack hereinführen zu lassen? Konnte er denn nicht selber fliegen, frei durch die Luft ...? Mit den Händen auf den Knien fühlte ich die unvergängliche Sicherheit eines Erzengels in mir. Vor dem Tannenbaum breitete er die Schleppe aus. Eine Lehrerin reichte ihm aus dem Waschkorb ein Geschenkpäcklein nach dem andern und rief laut den Namen des betreffenden Kindes. Wozu brauchte ein Engel einen Korb, und konnte er nicht selber rufen, fragte ich mich. Können ihm die Geschenke nicht von andern Engeln unsichtbar übergeben werden? Nein, das war kein Engel. Das war ein Mensch! Grob rollte die Kegelkugel des Bewußtseins hin und her ...

»Siehst du die goldene Krone des Christkindleins?« fragte freundlich die Dame neben mir. »Und seine weißen, zarten Hände? Hörst du seine himmlische Stimme, wenn es dem Kind das Geschenklein gibt?« Ich hörte nichts. Ich sah nichts. Sie hoffte, daß ich es glaube. Von der Schule her hatte ich schon eine gewisse Haltung gewonnen dem Leben gegenüber. Nun rückte ich nicht mehr mit dem blöden Argument hervor: »Ist es nicht am Ende das Fräulein Soundso?« Ich kannte sie nicht und es war mir egal. Vielmehr lächelte ich verbindlich und glaubte alles. Die Dame war entzückt. »Gelt, so ein schönes Weihnachtskind hast du noch nie gesehn?« Ich saß da in meinen weißen Wollstrümpfen und hielt mich an meinen bloßen Knien. Die kamen mir vor wie Türme des Glaubens. Fleisch von meinem Fleisch und Blut von meinem Blut. Der Engel schwebte am Arm des Turnlehrers hinaus. Vor der Kirchentür machte er eine Extrakurve. Durch einen Spalt sah man noch Locken und Schleier. Draußen war es stockdunkel, die Orgel spielte leise, als ob sie träumte.

Tausend Engelein mit bloßen Füßen begleiten das Christkind zur Tür hinaus. In ihren Händen tragen sie Glöcklein und Trompeten und silberne Triangel. Ich glaube fast, irgendwo schreit noch das Eselein. Plötzlich riecht es nach Heu und Kerzen und Äpfeln. Leise, im Luftzug der offenen Tür, drehen sich große, bunte, gleißende Kugeln wie Welten, und vom hohen Wipfel der Tanne fließt das Licht eines mächtigen Sterns herab. Nein, das Christkind und der Stern sind keine Märchen. Ebensowenig wie die Sonnenblumen, die sich nach dem Lichte drehen, und ebensowenig wie die Mondstrahlen, die über die Wellen eilen. Sie sind nur andere Wirklichkeiten als diejenigen, die wir meistens meinen. Duft ist etwas und Glanz ist etwas und Liebe und Freude. Wenn ich an die Argumente denke, so glaube ich noch heute, es haben mindestens dreitausend auf einer Nadelspitze Platz. Aber der höheren Wirklichkeit gegenüber haben sie nichts zu bedeuten. Ich glaube nicht einmal daran, daß man durch Argumente einen Krieg ungeschehen machen kann. Wollte man ihn auf sein Entstehungsmoment untersuchen, so brauchte es soviel Zeit, daß längstens wieder ein neuer Krieg ausbrechen könnte. Ich glaube, es würde eine endlose Zeit vergehen, bis allen endlich alles klar wäre. Und der Sinn des Lebens ist anders. Was wir einander schenken und geben, schafft eine andere Welt, als was wir bloß erraffen und erzwingen vom andern. Das eine ist die Welt des Göttlichen in uns, das andere die Welt des Bösen.

Neben mir sitzt ein Kind. Wir haben den Tannenbaum angezündet. Die Lampen sind gelöscht, und die Kerzen flimmern lockend im Dunkeln. Ein wenig Wachs tropft der Puppe auf die Nase. Im Hintergrund spielt eine kleine Musik und begleitet die Stille. Das Kind legt beruhigt seine kleinen Rosafinger in den Schoß und sagt: »Jetzt ist es endlich allen wohl.« Durch den Tann schreitet das goldene Reh. Am Häklein zieht es den Silberschlitten nach sich. Das Christkind sitzt darin und rote Kerzen stehn Spalier. Oder fahren wir vielleicht alle mit: du und ich, ins Weihnachtsland? Und könnte es am Ende nicht so herauskommen, daß eines Tages all die geahnten und lieben Dinge die strahlende Wirklichkeit wären und dafür alles das, was wir jetzt gelten lassen müssen und uns sogar davor fürchten, daß es ewig gelte – uns nur noch vorkommen könnte wie ein ferner, finsterer Tann, den wir für immer verlassen? Und das Ende wäre: Friede auf Erden!

Von Weihnacht zu Weihnacht ein Stückchen näher …

Ernst Jandl
niemals war ein weihnachtsmann

niemals war ein weihnachtsmann.
aber das Christkind,
der glanz war blendend
        wunderbar.
das ganze zimmer war
        blendend.
und der schöne christbaum und
        die vielen schönen Sachen.
seit über vierzig jahren
hab ich nicht mehr daran
        geglaubt.
aber jetzt beginnt sich
        etwas zu ändern.
alles kann mich plötzlich
        blenden
nämlich jedes gewöhnliche
                ding.
                ich halte
        nichts in den händen
nach so langer zeit.
aber es ist nicht mehr
        so weit bis dorthin
als es schon war.
da wird das ganze
        zimmer
in das ich eingesperrt bin
groß und weiß und
        blendend wunderbar.

Quellenverzeichnis

Elisabeth Borchers (* 1926)
Der schönste Tag, S. 35.
Aus: Elisabeth Borchers, Das Adventbuch. Mit Geschichten, Versen und alten Bildern. Insel Verlag Frankfurt am Main 1979.

Luise Büchner (1821-1877)
Die Geschichte vom Christkind und vom Weihnachtsmann, S. 41.
Aus: Luise Büchner, Weihnachtsmärchen. Forumverlag, Riedstadt 1997.

Christine Busta (1915-1987)
Brief ans Christkind, S. 34.
Aus: Christine Busta, Inmitten aller Vergänglichkeit. Gedichte. © Otto Müller Verlag, Salzburg 1985.

Heinz Erhardt (1909-1979)
Weihnachten 1944, S. 33.
Aus: Das große Heinz-Erhardt-Buch. Fackelträger Verlag, Oldenburg 1970. © 2000 Lappan Verlag GmbH, Oldenburg.

Hubert Fichte (1935-1986)
Frohe Festtage, S. 91.
Aus: Die Meisengeige. Zeitgenössische Nonsensverse. Herausgegeben von Günter Bruno Fuchs. © 1965 Carl Hanser Verlag München – Wien.

Marieluise Fleißer (1901-1974)
Als wir noch auf das Christkind warteten, S. 26.
Aus: Marieluise Fleißer, Gesammelte Werke. Vierter Band: Aus

dem Nachlaß. Herausgegeben von Günther Rühle in Zusammenarbeit mit Eva Pfister. © Suhrkamp Verlag Frankfurt am Main 1989.

Robert Gernhardt (* 1937)
Die Falle, S. 80.
Aus: Robert Gernhardt, Die Falle. © Robert Gernhardt 1993. Alle Rechte S. Fischer Verlag GmbH, Frankfurt am Main.

Jeremias Gotthelf (1797-1854)
Der Weihnachtstag*, S. 16.
Aus: Jeremias Gotthelf, Käthi, die Großmutter. Julius Springer Verlag, Berlin 1901.

Ernst Jandl (1925-2000)
niemals war ein weihnachtsmann, S. 105.
Aus: Ernst Jandl, Poetische Werke in 10 Bänden. Herausgegeben von Klaus Siblewski. Band 2: Gedichte 2. Luchterhand Verlag, Darmstadt 1985. © 1997 by Luchterhand Literaturverlag, München, einem Unternehmen der Verlagsgruppe Random House GmbH.

Jehan le Povre Moyne (Lebensdaten unbekannt)
Die Legende vom Weihnachtsmann, S. 52.
Aus: Jehan le Povre Moyne, Weihnachtslieder in Prosa. Übersetzt von Adelgard Lezius. Buchverlag Union Berlin, München 1960.

Karl Krolow (1915-1999)
Eine Weihnachtserinnerung, die ich nicht vergaß, S. 93.
© Karl Krolow, Darmstadt. Mit freundlicher Genehmigung von Luzie Krolow.

Siegfried Lenz (* 1926)
Risiko für Weihnachtsmänner, S. 73.
Aus: Siegfried Lenz, Das Feuerschiff. Erzählungen. Copyright © 1960 by Hoffmann und Campe Verlag, Hamburg.

Hermann Löns (1866-1914)
Der allererste Weihnachtsbaum, S. 57.
Aus: Hermann Löns, Sämtliche Werke in acht Bänden. Herausgegeben von Friedrich Castelle. Erster Band. Verlag Hesse & Becker, Leipzig 1924.

Cécile Ines Loos (1883-1959)
Der Weihnachtsengel, S. 99.
Aus: Mit Silberhaar und goldenen Flügeln. Die besten Engelgeschichten. Ullstein Verlag, o.J. © Erbengemeinschaft Leonardo Loos.

Alfred Polgar (1873-1955)
Vor Weihnachten, S. 12.
Aus: Alfred Polgar, Kleine Schriften II: Kreislauf. Copyright © 1983 by Rowohlt Verlag GmbH, Reinbek bei Hamburg.

Theodor Storm (1817-1888)
Knecht Ruprecht, S. 50.
Aus: Theodor Storm, Sämtliche Werke in vier Bänden. Band 1: Gedichte. Herausgegeben von Dieter Lohmeier. Deutscher Klassiker Verlag Frankfurt am Main 1987.

Erwin Strittmatter (1912-1994)
Der Weihnachtsmann mit der Lumpenkiste, S. 64.
Aus: Erwin Strittmatter, 3/4 Hundert Kleingeschichten. © Aufbau-Verlag Berlin und Weimar 1971.

Kurt Tucholsky (1890-1935)
Weihnachten, S. 71.
Aus: Kurt Tucholsky, Gesammelte Werke. Band 1. Copyright © 1960 by Rowohlt Verlag GmbH, Reinbek bei Hamburg.

Robert Walser (1878-1956)
Zwei Weihnachtsaufsätzchen, S. 21.
Aus: Robert Walser, Sämtliche Werke in zwanzig Bänden. Herausgegeben von Jochen Greven. Band 19: Es war einmal. Prosa aus der Berner Zeit. © Suhrkamp Verlag Frankfurt am Main 1986.
Der Weihnachtsbaum, S. 37.
Aus: Robert Walser, Sämtliche Werke in zwanzig Bänden. Herausgegeben von Jochen Greven. Band 13: Die Gedichte. © Suhrkamp Verlag Frankfurt am Main 1986.

Leise rieselt der Schnee, S. 11.
Kling, Glöckchen, klingelingeling, S. 24.
Süßer die Glocken nie klingen, S. 39.
Morgen kommt der Weihnachtsmann, S. 69.
Alle Jahre wieder, S. 92.
Aus: Das Weihnachtsbuch der Lieder. Mit alten und neuen Liedern zum Singen und Spielen. Ausgewählt von Gottfried Natalis. Insel Verlag Frankfurt am Main 1975.

Die mit einem * versehenen Titel stammen vom Herausgeber.